봄봄 · 동백꽃 외

책임편집 조계숙

고려대학교 국어국문학과를 졸업하고 동대학원에서 박사학위를 받았다. 현재 대진대학교 문예창작학과, 과학영재교육원에서 강의를 하고 있다.

한국 문학을 읽는다 07

봄봄 · 동백꽃 외

1판 1쇄 2013년 7월 30일
1판 3쇄 2020년 3월 13일

지은이 · 김유정
펴낸이 · 김화정
펴낸곳 · 푸른생각
책임편집 · 조계숙 | 교정 · 김소영

등록 · 제310-2004-00019호
주소 · 경기도 파주시 회동길 337-16
대표전화 · 031) 955-9111(2) | 팩시밀리 · 031) 955-9114
이메일 · prun21c@hanmail.net
홈페이지 · www.prun21c.com

ⓒ 푸른생각, 2013

ISBN 978-89-91918-29-0 04810
ISBN 978-89-91918-21-4 04810(세트)

값 11,900원

청소년의 꿈과 미래를 위한 양서를 만들고 있습니다.
잘못된 책은 푸른생각이나 구입처에서 교환해 드립니다.
이 도서의 국립중앙도서관 출판예정도서목록(CIP)은 서지정보유통지원시스템 홈페이지(http://seoji.nl.go.kr)와 국가자료공동목록시스템(http://www.nl.go.kr/kolisnet)에서 이용하실 수 있습니다.(CIP제어번호: CIP2013012342)

봄봄
동백꽃
외

한국 문학을
읽는다
07

김유정
책임편집 **조계숙**

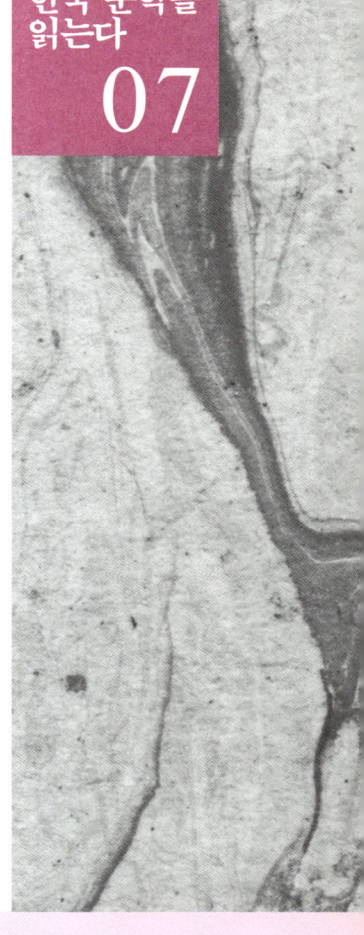

푸른생각
PRUNSAENGGAK

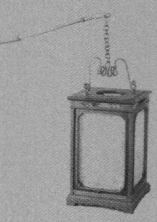

두려워해야 하는 것은 아무것도 없다. 다만 이해해야 할 뿐이다.
— 마리 퀴리(프랑스의 물리학자, 1867~1934)

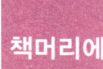
책머리에

만무방, 따라지, 들병이를 사랑한 작가 김유정

김유정(金裕貞, 1908~1937)은 웃음의 미학과 짙은 비애의 무게를 균형 있게 다룰 줄 아는 작가였다. 소설의 표면에는 희극적 인물과 해학의 멋이 어우러져 있고, 소설의 이면에는 어둡고 슬픈 사회의 모순이 그림자처럼 드리워져 있다.

김유정이 주로 선택한 인물은 밑바닥 인생들이었다. 김유정 소설에는 농촌의 경제구조상 가장 하위층인 소작농, 가난 때문에 유랑하며 전과자나 떠돌이가 된 만무방, 몸과 술을 파는 들병이로 나선 아내가 등장한다. 농촌을 떠나 도시로 간 사람들은 버스 차장, 공장 노동자, 카페 여급 등으로 전락한 따라지들이다.

이들이 사용하는 언어의 특징, 내면 심리와 세태 묘사에서 느껴지는 박진감은 김유정 소설 고유의 문체를 형성하고 있다. 김유정은 반전과 아이러니 기법을 즐겨 활용했다. 갈등이 지속적으로 고조하다가 결말에 이르러 뜻밖의 반전을 맞이하는데, 이때 아이러니 기법과 결합되면서 독자들은 강한 충격에 휩싸이게 된다. 작가가 사회의 모순을 내놓고 비판하지 않았는데도, 독자는 소설의 배후에 놓인 사회적·경제적 문제점을 포착하게 되는 것이다.

　김유정 소설은 일제강점기에 우리 국가와 사회에 존재했던 균열과 붕괴의 기록이다. 「만무방」에서 답답한 마음을 아리랑 노래로 풀어놓는 주인공의 모습은 당시 민중의 자화상이라 해도 좋을 것이다. 자화상의 표정에는 허무한 웃음과 짙은 연민의 페이소스가 깃들어 있다. 작가 김유정은 이렇게 만무방, 따라지, 들병이를 사랑한 작가이며, 한국문학사에서 영원히 아낌을 받아야 할 작가이다.

　이 책에 수록한 작품은 김유정의 대표 단편소설 8편이다.
　「봄봄」은 데릴사위 풍속의 희생양이 된 어리숙한 남자의 이야기이다. 농촌에서 마름의 권력을 가지고, 데릴사윗감을 여러 명 갈아치우며 노동력만 착취하는 장인, 주인공을 은근하게 부추기는 신붓감 점순 등이 등장한다. 해학적인 분위기와 독특한 문체는 김유정 소설의 핵심 미학을 보여준다.
　「동백꽃」은 마름의 딸인 점순이 보내오는 사랑의 화살을 전혀 인식하지 못하는 주인공의 이야기를 보여준다. 주인공은 소작농의 아들로서 마름의 딸과 엮이면 부모님이 곤란해질까 봐 조심한다. 하지만 적극적인 점순의 공세에 밀려 노란 동백꽃 무더기 속에서 이성에 눈을 뜬다.
　「노다지」는 금 도둑인 꽁보와 더펄을 중심으로, 금을 둘러싼 인간의 욕망과 배신의 드라마를 보여준다. 이 소설은 작가가 개인적 체험을 바탕으로 쓴 것이지만, 당시 국가적 상황을 엿볼 수 있는 작품이다. 일제강점기 때 조선총독부는 금으로 군비를 확충하려고 금광업자에게 보조금을 주면서 금광업을 부추겼었다. 금 투기가 어떤 사회적 파장을 불러왔는지를 극명하게 알 수 있는 작품이다.

「만무방」은 소작농이 처한 딱한 현실을 응칠이라는 문제적 인물의 시각에서 비판적으로 접근한 작품이다. 응칠의 동생 응오는 모범적인 소작농이었다. 하지만 수확을 하면 빚밖에 남지 않음을 생각하고, 밤마다 자기 논의 벼를 훔쳐 먹는 아이러니한 상황에 빠진다. 응칠이 부르는 아리랑은 농촌의 비애와 한의 정조를 고조시킨다.

「금 따는 콩밭」은 자기 콩밭에 금맥이 있다는 말에 휘둘려서, 농사를 중단한 한 남자의 내면적 갈등이 잘 나타나 있는 작품이다. 콩밭을 아끼는 마음과 금을 캐려는 욕망이 얽혀 이러지도 저러지도 못하는 주인공을 통해, 금 투기로 인해 농촌 사회가 붕괴하는 모습을 읽을 수 있다.

「두꺼비」는 김유정이 명창 박녹주를 짝사랑했던 이야기를 담은 자전적 소설이다. 두꺼비는 학생인 주인공 '나'에게 기생 옥화를 연결시켜주겠다고 사기를 친 옥화의 오라비이다. 두꺼비는 집에서 전혀 존재감이 없는 사고뭉치로 잉여인간이나 다름이 없는 인물이어서 소설 속에서 짝사랑의 허무함을 보여주는 기능으로 적절한 인물이다.

「안해」는 '아내 팔기 모티프'를 다룬 소설이다. 극도의 가난 상태에서 아내는 스스로 들병이가 되겠다고 선언하고, 남편은 아내를 들병이로 훈련시키려고 열심히 노래를 가르친다. 그런데 이 모티프가 비도덕적으로 보이기는커녕 독자에게 웃음과 연민을 불러온다.

「따라지」는 도시로 왔으나 버스 걸, 카페 여급, 공장 노동자 등 도시빈민으로 극악하게 살아가는 따라지들의 세태를 잘 묘사한 소설이다. 달동네에 살면서 집 주인마누라와 월세 문제로 큰 싸움이 일어나고, 평소에는 서로 잘 모르던 셋방사람들끼리 연대감이 형성되는 이야기이다.

 푸른생각에서 기획하여 발행하는 '한국 문학을 읽는다' 시리즈는 작품의 원문을 충실하게 실었다. 김유정 소설에는 토착적 언어가 많이 등장하는 만큼 낱말풀이를 더욱 세심하게 달았다. 본문의 중간 중간에는 소제목을 붙여 이야기의 흐름을 놓치지 않도록 배려하였다. 또한 각 작품에 들어가기 전에 주요 등장인물을 소개하고, 수록한 작품 뒤에는 줄거리를 정리한 〈이야기 따라잡기〉를 마련해놓았다. 〈쉽게 읽고 이해하기〉는 작품 세계를 정확하고 깊게 이해할 수 있도록 해설한 부분이다. 책의 끝에는 〈작가 알아보기〉를 붙여서 작가의 생애와 연보를 소개하였다.
 '한국 문학을 읽는다' 시리즈가 청소년뿐만 아니라 일반 독자들에게 소설을 제대로 읽고 이해하는 데 도움이 되길 기대한다. 소설을 읽음으로써 인간세계를 보다 이해하고 삶의 진정성을 인식할 수 있다고 믿는다. 그리고 타인과 열린 마음으로 소통할 수 있으며 이상적인 공동체 사회의 실현에 기여를 할 수 있다고 생각한다. 이 소설 선집의 감상으로 그와 같은 가치가 실현될 수 있기를 희망한다.

책임편집 조계숙

차례

한국 문학을 읽는다 **봄봄 · 동백꽃** 외

봄봄 • 11

동백꽃 • 37

노다지 • 57

만무방 • 81

금 따는 콩밭 • 127

두꺼비 • 153

안해 • 175

따라지 • 197

■ 작가 알아보기 • 235

견디기 힘든 일을 견뎌내면 그 일을 떠올릴 때마다 유쾌해진다.
― 루시우스 세네카(고대 로마의 철학자, BC4~AD65)

「봄봄」(『조광』, 1935. 12)은

데릴사위의 노동력을 무보수로 착취하고 있는

농촌 사회의 부조리한 상황을 배경으로

혼인을 핑계로 일만 시키는

교활한 장인과 장인에게 반발하면서도 끝내

이용당하는 순박하고

어리숙한 데릴사윗감 '나'가 갈등을 빚는

모습을 해학적이면서도 리얼하게 그린다.

봄봄

"그래, 거진 사 년 동안에도 안 자랐다니 그 킨 은제 자라지유?"

등장인물

나 우직하고 순박한 데릴사윗감. 점순과 결혼할 날을 기다리며 머슴처럼 노동력을 제공한다. 결혼을 하기 위해 장인과 한 판 붙지만 결국 실패하고 만다.

장인(봉필) 마름. 딸 셋을 두었는데, 데릴사위 풍습을 악용하여 수많은 청년들의 노동력을 착취해온 인물이다.

점순 '나'의 신붓감. 속으로는 '나'를 좋아하여 아버지에게 결혼을 조르라고 부추기는 당돌함을 보인다. 하지만 마지막에 아버지 편을 들어 '나'를 당황하게 한다.

봄봄

점순이 키가 자라야 성례할 수 있다

"장인님! 인제 저……."

내가 이렇게 뒤통수를 긁고, 나이가 찼으니 성례(成禮, 혼인의 예식을 지냄)를 시켜줘야 하지 않겠느냐고 하면 대답이 늘,

"이 자식아! 성례구 뭐구 미처 자라야지!"

하고 만다.

이 자라야 한다는 것은 내가 아니라 내 아내가 될 점순이의 키 말이다.

내가 여기에 와서 돈 한 푼 안 받고 일하기를 삼 년하고 꼬박이 일곱 달 동안을 했다. 그런데도 미처 못 자랐다니까 이 키는 언제야 자라는 겐지 짜장(정말) 영문 모른다. 일을 좀 더 잘해야 한다든지, 혹은 (밥을 많이 먹는다고 노상 걱정이니까) 좀 덜 먹어야 한다든지 하면 나도 얼마든지 할 말이 많다. 허지만 점순이가 안죽(아직) 어리니까 더 자라야 한다는 여기에는 어쨰 볼 수 없이 고만 벙벙하고(어리둥절하고) 만다.

이래서 나는 애초 계약이 잘못된 걸 알았다. 이태면 이태, 삼 년이면 삼 년, 기한을 딱 작정하고 일을 했어야 할 것이다. 덮어놓고 딸이 자라는 대로 성례를 시켜주마, 했으니 누가 늘 지키고 섰는 것도 아니고, 그 키가 언제 자라는지 알 수 있는가. 그리고 난 사람의 키가 무럭무럭 자라는 줄만 알았지 붙배기(붙박이) 키에 모로만 벌어지는 몸도 있는 것을 누가 알았으랴. 때가 되면 장인님이 어련하랴 싶어서 군소리 없이 꾸벅꾸벅 일만 해왔다. 그럼 말이다, 장인님이 제가 다 알아채서,

"어참, 너 일 많이 했다. 고만 장가들어라."

하고 살림도 내주고 해야 나도 좋을 것이 아니냐. 시치미를 딱 떼고 도리어 그런 소리가 나올까 봐서 지레 펄펄 뛰고 이 야단이다. 명색이 좋아 데릴사위지 일하기에 싱겁기도 할 뿐더러 이건 참 아무것도 아니다.

숙맥(어리석고 못난 사람)이 그걸 모르고 점순이의 키 자라기만 까맣게 기다리지 않았나.

언젠가는 하도 갑갑해서 자를 가지고 덤벼들어서 그 키를 한 번 재볼까, 했다. 마는 우리는 장인님이 내외(부녀가 외간 남자와 얼굴을 바로 대하지 않고 피함)를 해야 한다고 해서 마주 서 이야기도 한 마디 하는 법 없다. 우물길에서 어쩌다 마주칠 적이면 겨우 눈어림으로 재보고 하는 것인데 그럴 적마다 나는 저만침 가서,

"제에미 키두!"

하고 논둑에다 침을 퉤, 뱉는다. 아무리 잘 봐야 내 겨드랑(다른 사람보다 좀 크긴 하지만) 밑에서 넘을락 말락 밤낮 요 모양이다. 개돼지는 푹푹 크는데 왜 이리도 사람은 안 크는지, 한동안 머리가 아프도록 궁리도

해보았다. 아하, 물동이를 자꾸 이니까 뼉다귀가 움츠러드나 보다, 하고 내가 넌짓넌짓이(드러나지 않게 가만가만히) 그 물을 대신 길어도 주었다. 뿐만 아니라 나무를 하러 가면 서낭당(성황당)에 돌을 올려놓고
"점순이의 키 좀 크게 해줍소사. 그러면 담엔 떡 갖다놓고 고사드립죠니까."
하고 치성도 한두 번 드린 것이 아니다. 어떻게 돼먹은 킨지 이래도 막무가내니……

장인과 다투다

그래 내 어저께 싸운 것이지 결코 장인님이 밉다든가 해서가 아니다. 모를 붓다가(밭이나 논에 못자리를 만들고 씨를 촘촘하게 뿌리다가) 가만히 생각을 해보니까 또 싱겁다. 이 벼가 자라서 점순이가 먹고 좀 큰다면 모르지만 그렇지도 못한 걸 내 심어서 뭘 하는 거냐. 해마다 앞으로 축 거불지는(둥글고 두두룩하게 툭 불거져 나오는) 장인님의 아랫배(가 너무 먹는 걸 모르고 내병(속병)이라나, 그 배)를 불리기 위하여 심곤 조금도 싶지 않다.
"아이구 배야!"
난 몰 붓다 말고 배를 쓰다듬으면서도 그대루 논둑으로 기어올랐다.
그리고 겨드랑에 꼈던 벼 담긴 키(곡식 등을 까불러 쭉정이·티끌·검부러기 등을 골라내는 기구)를 그냥 땅바닥에 털썩 떨어치며 나도 털썩 주저앉았다. 일이 암만 바빠도 나 배 아프면 고만이니까. 아픈 사람이 누가 일을 하느냐. 파릇파릇 돋아 오른 풀 한 숲(웅큼)을 뜯어 들고 다리의 거머리를

쓱쓱 문대며 장인님의 얼굴을 쳐다보았다.

　논 가운데서 장인님도 이상한 눈을 해가지고 한참 날 노려보더니,

　"너 이 자식, 왜 또 이래 응?"

　"배가 좀 아파서유!"

하고 풀 위에 슬며시 쓰러지니까 장인님은 약이 올랐다. 저도 논에서 철벙철벙 둑으로 올라오더니 잡은 참 내 멱살을 움켜잡고 뺨을 치는 것이 아닌가.

　"이 자식, 일 허다 말면 누굴 망해놀 속셈이냐. 이 대가릴 까놀 자식!"

　우리 장인님은 약이 오르면 이렇게 손버릇이 아주 못됐다. 또 사위에게 이 자식 저 자식 하는 이놈의 장인님은 어디 있느냐. 오죽해야 우리 동리에서 누굴 물론하고 그에게 욕을 안 먹는 사람은 명이 짜르다(짧다) 한다. 조그만 아이들까지도 그를 돌려 세워놓고 욕필이(본 이름이 봉필이니까) 욕필이, 하고 손가락질을 할 만치 두루 인심을 잃었다. 허나 인심을 정말 잃었다면 욕보다 읍의 배참봉 댁 마름(지주 대신 소작권을 관리하는 사람)으로 더 잃었다. 번히 마름이란 욕 잘하고, 사람 잘 치고, 그리고 생김 생기길 호박개(뼈대가 굵고 털이 북실북실한 개) 같애야 쓰는 거지만 장인님은 외양이 똑 됐다. 장인에게 닭 마리나 좀 보내지 않는다든가 애벌논(해마다 처음 매는 논) 때 품을 좀 안 준다든가 하면, 그해 가을에는 영락없이 땅이 뚝뚝 떨어진다. 그러면 미리부터 돈도 먹고 술도 먹이고 안달재신(속을 끓이며 여기저기로 다니는 사람)으로 돌아치던 놈이 그 땅을 슬쩍 돌라 안는다. 이 바람에 장인님집 빈 외양간에는 눈깔 커다란 황소 한 놈이 절로 엉금엉금 기어들고 동리 사람들은 그 욕을 다 먹어가면서도 그

래도 굽실굽실하는 게 아닌가.

장인과 구장네로 담판하러 가다

그러나 내겐 장인님이 감히 큰소리할 계제가 못 된다.

뒷생각은 못하고 뺨 한 개를 딱 때려놓고는 장인님은 무색해서 덤덤히 쓴 침만 삼킨다. 난 그 속을 퍽 잘 안다. 조금 있으면 갈(참나무, 도토리나무 등의 잎이 핀 가지를 꺾어 썩힌 뒤 퇴비로 만듦)도 꺾어야 하고 모도 내야 하고, 한참 바쁜 때인데 나 일 안 하고 우리 집으로 그냥 가면 고만이니까.

작년 이맘때도 트집을 좀 하니깐 늦잠 잔다구 돌멩이를 집어던져서 자는 놈의 발목을 삐게 해놨다. 사날씩이나 건승(건성) 끙끙, 앓았더니 종당에는 거반 울상이 되지 않았는가.

"얘, 그만 일어나 일 좀 해라. 그래야 올 갈에 벼 잘 되면 너 장가들지 않니."

그래 귀가 번쩍 띄어서 그날로 일어나서 남이 이틀 품 들일 논을 혼자 삶아(논밭의 흙을 써레로 썰고 나래로 골라 노글노글하게 만들어) 놓으니까 장인님도 눈깔이 커다랗게 놀랐다. 그럼 정말로 가을에 와서 혼인을 시켜줘야 원 경우가 옳지 않겠나. 볏섬을 척척 들여쌓아도 다른 소리는 없고 물동이를 이고 들어오는 점순이를 담배통으로 가리키며,

"이 자식아 미처 커야지. 조걸 데리구 무슨 혼인을 한다구 그러니 온!"

하고 남 낯짝만 붉혀주고 고만이다.

골길에(홧김에) 그저 이놈의 장인님, 하고 댓돌에다 메어꽂고 우리 고향

으로 내뺄까 하다가 꾹꾹 참고 말았다.

참말이지 난 이 꼴 하고는 집으로 차마 못 간다. 장가를 들러갔다가 오죽 못났어야 그대로 쫓겨왔느냐고 손가락질을 받을 테니까…….

논둑에서 벌떡 일어나 한풀 죽은 장인님 앞으로 다가서며,

"난 갈 테야유. 그동안 사경(새경. 농가에서 머슴에게 주는 연봉) 쳐 내슈."

"너 사위로 왔지, 어디 머슴 살러 왔니?"

"그러면 얼찐 성례를 해줘야 안 하지유. 밤낮 부려만 먹구 해준다, 해준다……."

"글쎄, 내가 안 하는 거냐, 그년이 안 크니까."

하고 어름어름(우물쭈물) 담배만 담으면서 늘 하는 소리를 또 늘어놓는다.

이렇게 따져 나가면 언제든지 늘 나만 밑지고 만다. 이번엔 안 된다, 하고 대뜸 구장님한테로 담판 가자고 소맷자락을 내끌었다.

"아, 이 자식이 왜 이래 어른을."

안 간다구 뻗디디고 이렇게 호령은 제 맘대로 하지만 장인님 제가 내 기운은 못 당한다. 막 부려먹고 딸은 안 주고, 게다 땅땅 치는 건 다 뭐야…….

그러나 내 사실 참 장인님이 미워서 그런 것은 아니다.

점순이 나에게 성례를 재촉하다

그 전날, 왜 내가 새고 개 맞은 봉우리 화전 밭을 혼자 갈고 있지 않았느냐. 밭 가생이(가장자리)로 돌 적마다 야릇한 꽃내가 물컥물컥 코를 찌

르고 머리 위에서 벌들은 가끔 붕, 붕 소리를 친다. 바위 틈에서 샘물 소리밖에 안 들리는 산골짜기니까 맑은 하늘의 봄볕은 이불 속같이 따스하고 꼭 꿈꾸는 것 같다. 나는 몸이 나른하고 몸살(을 아직 모르지만 병)이 날려구 그러는지 가슴이 울렁울렁하고 이랬다.

"어러이! 말이! 맘 마 마……."

이렇게 노래를 하며 소를 부리면 여느 때 같으면 어깨가 으쓱으쓱한다. 웬일인지 밭 반도 갈지 않아서 온몸이 맥이 풀리고 대구 짜증만 난다. 공연히 소만 들입다 두들기며……,

"안야! 안야!(밭갈이하는 중에 소가 이랑에서 벗어났을 때 하는 말) 이 망할 자식의 소(장인님의 소니까) 대리(다리)를 꺾어 들라."

그러나 내 속은 정말 안야 때문이 아니라 점심을 이고 온 점순이의 키를 보고 울화가 났던 것이다.

점순이는 뭐 그리 썩 예쁜 계집애는 못 된다. 그렇다고 또 개떡이냐 하면 그런 것도 아니고 꼭 내 아내가 돼야 할 만치 그저 툽툽하게 생긴 얼굴이다. 나보다 십 년이 아래니까 올해 열여섯인데 몸은 남보다 두 살이나 덜 자랐다. 남은 잘도 훤칠히들 크건만 이건 위아래가 뭉툭한 것이 내 눈에는 헐없이(틀림없이) 감참외(속살이 잘 익은 감빛 같고 맛이 좋은 참외) 같다. 참외 중에는 감참외가 제일 맛좋고 예쁘니까 말이다. 둥글고 커단 눈은 서글서글하니 좋고 좀 지쳐 찢어졌지만 입은 밥술이나 혹혹히(톡톡히) 먹음직하니 좋다. 아따, 밥만 많이 먹게 되면 팔자는 고만 아니냐. 헌데 한 가지 파가 있다면 가끔 가다 몸이(장인님이 이걸 채신(처신)이 없이 들까분다고 하지만) 너무 빨리빨리 논다. 그래서 밥을 나르다가 때 없이 풀밭에서 깨빡을 쳐서(세차게 메어치거나 넘어뜨려서) 흙투성이 밥을 곧잘 먹인다. 안 먹으면 무안해할까 봐서 이걸 씹고 앉았느라면 으적으적 소리만 나고 돌을 먹는 겐지 밥을 먹는 겐지…….

그러나 이 날은 웬일인지 성한 밥채로 밭머리에 곱게 내려놓았다. 그리고 또 내외를 해야 하니까 저만큼 떨어져 이쪽으로 등을 향하고 웅크리고 앉아서 그릇 나기를 기다린다.

내가 다 먹고 물러섰을 때 그릇을 챙기는데 그런데 난 깜짝 놀라지 않았느냐. 고개를 푹 숙이고 밥 함지에 그릇을 포개면서 날더러 들으라는지, 혹은 제 소린지,

"밤낮 일만 하다 말 텐가!"
하고 혼자서 쫑알거린다. 고대(지금 막) 잘 내외하다가 이게 무슨 소린가, 하고 난 정신이 얼떨떨했다. 그러면서도 한편 무슨 좋은 수가 있나 없는가 싶어서 나도 공중을 대고 혼잣말로,

"그럼 어떡해?"
하니까,

"성례시켜 달라지 뭘 어떡해."
하고 되알지게(몹시 당차고 야무지게) 쏘아붙이고 얼굴이 빨개져서 산으로 그저 도망질을 친다.

나는 잠시 동안 어떻게 되는 심판인지 맥을 몰라서 그 뒷모양만 덤덤히 바라보았다.

봄이 되면 온갖 초목이 물이 오르고 싹이 트고 한다. 사람도 아마 그런가 보다, 하고 며칠 내에 부쩍 (속으로) 자란 듯싶은 점순이가 여간 반가

운 것이 아니다.

이런 걸 멀쩡하게 아직 어리다구 하니까…….

구장이 장인 편을 들다

우리가 구장님을 찾아갔을 때 그는 싸리문 밖에 있는 돼지우리에서 죽을 퍼주고 있었다. 서울엘 좀 갔다오더니 사람은 점잖아야 한다고 웃쇔(윗수염)이 (얼른 보면 지붕 위에 앉은 제비 꼬랑지 같다) 양쪽으로 뾰죽히 삐치고 그걸 에헴, 하고 늘 쓰담는 손버릇이 있다.

우리를 멀뚱히 쳐다보고 미리 알아챘는지,

"왜 일들 허다 말구 그래?"

하더니 손을 올려서 그 에헴을 한 번 훅딱했다.

"구장님! 우리 장인님과 츰(처음)에 계약하기를…….."

먼저 덤비는 장인님을 뒤로 떠다밀고 내가 허둥지둥 달려들다가 가만히 생각하고,

"아니 우리 빙장님과 츰에."

하고 첫번부터 다시 말을 고쳤다. 장인님은 빙장님, 해야 좋아하고 밖에 나와서 장인님, 하면 괜스레 골을 내려고 든다. 뱀두 뱀이래야 좋으냐고, 창피스러우니 남 듣는 데는 제발 빙장님, 빙모님, 하라고 일상 당조짐(정신을 차리도록 단단히 조짐)을 받아오면서 난 그것두 자꾸 잊는다. 당장 두 장인님, 하다 옆에서 내 발등을 꾹 밟고 곁눈질을 흘기는 바람에야 겨우 알았지만.

구장님도 내 이야기를 자세히 듣더니 퍽 딱한 모양이었다. 하기야 구장님뿐만 아니라 누구든지 다 그럴 게다. 길게 길러둔 새끼손톱으로 코를 후벼서 저리 탁 튀기며,

"그럼 봉필씨! 얼른 성례를 시켜주구려, 그렇게까지 제가 하구 싶다는 걸……."

하고 내 짐작대로 말했다. 그러나 이 말에 장인님이 삿대질로 눈을 부라리고,

"아, 성례구 뭐구 계집애년이 미처 자라야 할 게 아닌가?……"

하니까 고만 멀쑤룩해서 입맛만 쩍쩍 다실 뿐이 아닌가.

"그것두 그래!"

"그래, 거진 사 년 동안에도 안 자랐다니 그 킨 은제 자라지유? 다 그만두구 사경 내슈……."

"글쎄, 이 자식아! 내가 크질 말라구 그랬니? 왜 날 보구 떼냐?"

"빙모님은 참새만 한 것이 그럼 어떻게 앨 낳지유?"

(사실 빙모님은 점순이보다도 귓배기가 작다.)

　장인님은 이 말을 듣고 껄껄 웃더니 (그러나 암만 해두 돌 씹은 상이다) 코를 푸는 척하고 날 은근히 골리려고 팔꿈치로 옆 갈비께를 퍽 치는 것이다. 더럽다, 나두 종아리의 파리를 쫓는 척하고 허리를 구부리며 그 궁둥이를 꽉 떼밀었다. 장인님은 앞으로 우찔근하고 싸리문께로 쓰러질 듯하다 몸을 바로 고치더니 눈총을 몹시 쏘았다. 이런 쌍년의 자식, 하곤 싶으나 남의 앞이라니 차마 못하고 섰는 그 꼴이 보기에 퍽 쟁그러웠다(괴상하고 얄밉다).

구장이 합리적인 이유를 대다

그러나 이밖에는 별반 신통한 귀정(歸正, 일의 결과)을 얻지 못하고 도로 논으로 돌아와서 모를 부었다. 왜냐면 장인님이 뭐라구 귓속말로 수군수군하고 간 뒤다. 구장님이 날 위해서 조용히 데리고 아래와 같이 일러주었기 때문이다 (뭉태의 말은 구장님이 장인님에게 땅 두 마지기 얻어 부치니까 그래 꾀었다고 하지만 난 그렇게 생각 않는다).

"자네 말두 하기야 옳지, 암 나이 찼으니 아들이 급하다는 게 잘못된 말은 아니야. 허지만 농사가 한층 바쁜 때 일을 안 한다든가 집으로 달아난다든가 하면 손해죄루 그것두 징역을 가거든! (여기에 그만 정신이 번쩍 났다.) 왜 요전에 삼포말(춘천시 중리에 있는 삼포 마을)서 산에 불 좀 놓았다구 징역 간 거 못 봤나. 제 산에 불을 놓아도 징역을 가는 이땐데 남의 농사를 버려주니 죄가 얼마나 더 중한가. 그리고 자넨 정장(呈狀, 고소장을 관청에 바침)을 (사경 받으러 정장 가겠다 했다) 간대지만 그러면 괜스리 죄를 들쓰고 들어가는 걸세. 또 결혼두 그렇지. 법률에 성년이란 게 있는데 스물하나가 돼야지 비로소 결혼을 할 수가 있는 걸세. 자넨 물론 아들이 늦을 걸 염려하지만 점순이루 말하면 이제 겨우 열여섯이 아닌가. 그렇지만 아까 빙장님의 말씀이 올 갈에는 열 일을 제치고라두 성례를 시켜주겠다 하시니 좀 고마울 겐가. 빨리 가서 모 붓든 거나 마저 붓게, 군소리 말구 어서 가."

그래서 오늘 아침까지 끽소리 없이 왔다.

장인의 꾐에 넘어가다

　장인님과 내가 싸운 것은 지금 생각하면 전혀 뜻밖의 일이라 안 할 수 없다. 장인님으로 말하면 요즈막 작인(소작인)들에게 행세를 좀 하고 싶다고 해서,
　"돈 있으면 양반이지 별 게 있느냐!"
하고 일부러 아랫배를 쑥 내밀고 걸음도 뒤틀리게 걷고 하는 이판이다. 이까짓 나쯤 두들기다 남의 땅을 가지고 모처럼 닦아놓았던 가문을 망친다든가 할 어른이 아니다. 또 나로 논지면(이치를 따져 말하자면) 아무쪼록 잘 봬서 점순이에게 얼른 장가를 들어야 하지 않느냐…….
　이렇게 말하자면 결국 어젯밤 뭉태네 집에 마실(이웃에 놀러가는 일) 간 것이 썩 나빴다. 낮에 구장님 앞에서 장인님과 내가 싸운 것을 어떻게 알았는지 대구 빈정거리는 것이 아닌가.
　"그래 맞구두 그걸 가만 둬?"
　"그럼 어떡허니?"
　"임마, 봉필일 모판에다 거꾸로 박아놓지 뭘 어떡해?"
하고 괜히 내 대신 화를 내가지고 주먹질을 하다 등잔까지 쳤다. 놈이 번히 괄괄(성질이 급하고 과격함)은 하지만 그래 놓고 날더러 석유 값을 물라구 막 찌다우(남에게 허물을 덮어씌우거나 떼를 쓰는 짓)를 붙는다.
　난 어안이 벙벙해서 잠자코 앉았으니까 저만 연신 지껄이는 소리가……,
　"밤낮 일만 해주구 있을 테냐?"

"영득이는 일 년을 살구두 장갈 들었는데 넌 사 년이나 살구두 더 살아야 해?"

"네가 세 번째 사원 줄이나 아니? 세 번째 사위."

"남의 일이라두 분하다. 이 자식, 우물에 가 빠져 죽어."

나중에는 겨우 손톱으로 목을 따라고까지 하고, 제 아들같이 함부로 훅닥였다(세차게 다그쳐 위협하였다). 별의별 소리를 다해서 그대로 옮길 수는 없으나 그 줄거리는 이렇다…….

우리 장인님 딸이 셋이 있는데 맏딸은 재작년 가을에 시집을 갔다. 정말은 시집을 간 것이 아니라 그 딸도 데릴사위를 해가지고 있다가 내보냈다. 그런데 딸이 열 살 때부터 열아홉 즉 십 년 동안에 데릴사위를 갈아들이기를, 동리에선 사위 부자라고 이름이 났지마는 열네 놈이란 참 너무 많다. 장인님이 아들은 없고 딸만 있는 고로 그담 딸을 데릴사위를 해올 때까지는 부려먹지 않으면 안 된다. 물론 머슴을 두면 좋지만 그건 돈이 드니까, 일 잘하는 놈을 고르느라고 연방 바꿔 들였다. 또 한편 놈들이 욕만 줄창 퍼붓고 심히도 부려먹으니까 밸(마음)이 상해서 달아나기도 했겠지. 점순이는 둘째 딸인데 내가 일테면 그 세 번째 데릴사위로 들어온 셈이다. 내 담으로 네 번째 놈이 들어올 것을 내가 일도 잘하고 그리고 사람이 좀 어수룩하니까 장인님이 잔뜩 붙들고 놓질 않는다. 셋째 딸이 인제 여섯 살, 적어두 열 살은 돼야 데릴사위를 할 테므로 그동안은 죽도록 부려먹어야 된다. 그러니 인제는 속 좀 차리고 장가를 들여달라구 떼를 쓰고 나자빠져라, 이것이다.

나는 건으로(건성으로) 엉, 엉, 하며 귓등으로 들었다. 뭉태는 땅을 얻어

부치다가 떨어진 뒤로는 장인님만 보면 공연히 못 먹어서 으릉거린다. 그것도 장인님이 저 달라고 할 적에 제 집에서 위한다는 그 감투(예전에 원님이 쓰던 것이라나, 옆구리에 뽕뽕 좀먹은 걸레)를 선뜻 주었더면 그럴 리도 없었던 걸…….

그러나 나는 뭉태란 놈의 말을 전수히(전부) 곧이듣지 않았다. 꼭 곧이들었다면 간밤에 와서 장인님과 싸웠지 무사히 있었을 리가 없지 않은가. 그러면 딸에게까지 인심을 잃은 장인님이 혼자 나빴다.

실토이지 나는 점순이가 아침상을 가지고 나올 때까지는 오늘은 또 얼마나 밥을 담았나, 하고 이것만 생각했다. 상에는 된장찌개하고 간장 한 종지, 조밥 한 그릇, 그리고 밥보다 더 수부룩하게 담은 산나물이 한 대접, 이렇다. 나물은 점순이가 틈틈이 해오니까 두 대접이고 네 대접이고 멋대로 먹어도 좋으나 밥은 장인님이 한 사발 외엔 더 주지 말라고 해서 안 된다. 그런데 점순이가 그 상을 내 앞에 내려놓으며 제 말로 지껄이는 소리가,

"구장님한테 갔다 그냥 온담 그래!"

하고 엊그제 산에서와 같이 되우(되게) 종알거린다. 딴은 내가 더 단단히 덤비지 않고 만 것이 좀 어리석었다, 속으로 그랬다. 나도 저쪽 벽을 향하여 외면하면서 내 말로,

"안 된다는 걸 그럼 어떡헌담!"

하니까,

"쇰(수염)을 잡아채지 그냥 둬, 이 바보야?"

하고 또 얼굴이 빨개지면서 성을 내며 안으로 샐쭉하니 튀들어가지 않

느냐. 이때 아무도 본 사람이 없었게 망정이지 보았다면 내 얼굴이 에미 잃은 황새 새끼처럼 가엾다 했을 것이다.

사실 이때만치 슬펐던 일이 또 있었는지 모른다. 다른 사람은 암만 못생겼다 해두 괜찮지만 내 아내 될 점순이가 병신으로 본다면 참 신세는 따분하다. 밥을 먹은 뒤 지게를 지고 일터로 가려 하다 도로 벗어 던지고 바깥마당 공석(벼를 담지 않은 빈 섬) 위에 드러누워서 나는 차라리 죽느니만 같지 못하다 생각했다.

장인과 한판 붙다

내가 일 안 하면 장인님 저는 나이가 먹어 못하고 결국 농사 못 짓고 만다. 뒷짐으로 트림을 꿀꺽 하고 대문 밖으로 나오다 날 보고서,

"이 자식, 왜 또 이러니."

"관격(급체)이 났어유, 아이구, 배야!"

"기껏 밥 처먹구 무슨 관격이야, 남의 농사 버려주면 이 자식아, 징역 간다 봐라!"

"가두 좋아유, 아이구 배야!"

참말 난 일 안 해서 징역 가도 좋다 생각했다. 일후 아들을 낳아도 그 앞에서 바보, 바보, 이렇게 별명을 들을 테니까 오늘은 열 쪽이 난대도 결정을 내고 싶었다.

장인님이 일어나라고 해도 내가 안 일어나니까 눈에 독이 올라서 저편으로 힝하게 가더니 지게막대기를 들고 왔다. 그리고 그걸로 내 허리를

마치 돌 떠넘기듯이 쿡 찍어서 넘기고 넘기고 했다. 밥을 잔뜩 먹어 딱딱한 배가 그럴 적마다 퉁겨지면서 뱃창(창자)이 꼿꼿한 것이 여간 켕기지 않았다. 그래도 안 일어나니까 이번에는 배를 지게막대기로 위에서 쿡쿡 찌르고 발길로 옆구리를 차고 했다. 장인님은 원체 심청이 궂어서 그러지만 나도 저만 못하지 않게 배를 채었다. 아픈 것을 눈을 꽉 감고 넌 해라, 난 재밌단 듯이 있었으나 볼기짝을 후려갈길 적에는 나도 모르는 결에 벌떡 일어나서 그 수염을 잡아챘다. 마는 내 골이 난 것이 아니라 정말은 아까부터 벽 뒤 울타리 구멍으로 점순이가 우리들의 꼴을 몰래 엿보고 있었기 때문이다.

 가뜩이나 말 한 마디 톡톡히 못한다고 바라보는데 매까지 잠자코 맞는 걸 보면 짜장 바보로 알 게 아닌가. 또 점순이도 미워하는 이까짓 놈의 장인님하곤 아무것도 안 되니까 막 때려도 좋지만 사정 보아서 수염만 채고(제 원대로 했으니까 이때 점순이는 퍽 기뻤겠지) 저기까지 잘 들리도록

 "이걸 까셀라부다(두들겨 팰까 보다)!"
하고 소리를 쳤다.

 장인님은 더 약이 바짝 올라서 잡은 참 지게막대기로 내 어깨를 그냥 내려 갈겼다. 정신이 다 아찔하다. 다시 고개를 들었을 때 그때엔 나도 온몸에 약이 올랐다. 이 녀석의 장인님을, 하고 눈에서 불이 퍽 나서 그 아래 밭 있는 낭(낭떠러지) 아래로 그대로 떠밀어 굴려버렸다.

 "부려만 먹구 왜 성례 안 하지유!"
 나는 이렇게 호령했다. 허지만 장인님이 선뜻 오냐 낼이라두 성례시켜

주마, 했으면 나도 성가신 걸 그만두었을지 모른다. 나야 이러면 때린 건 아니니까 나중에 장인 쳤다는 누명도 안 들을 터이고 얼마든지 해도 좋다.

 한 번은 장인님이 헐떡헐떡 기어서 올라오더니 내 바짓가랑이를 요렇게 노리고서 단박 움켜잡고 내달렸다. 악, 소리를 치고 나는 그만 세상이 다 팽그르 도는 것이,

 "빙장님! 빙장님! 빙장님!"

 "이 자식! 잡아먹어라, 잡아먹어!"

 "아! 아! 할아버지! 살려줍쇼, 할아버지!"

하고 두 팔을 허둥지둥 내절 적에는 이마에 진땀이 쭉 내솟고 인젠 참으로 죽나 보다, 했다. 그래두 장인님은 놓질 않더니 내가 기어이 땅바닥에 쓰러져서 거진 까무러치게 되니까 놓는다. 더럽다, 더럽다. 이게 장인님인가? 나는 한참을 못 일어나고 쩔쩔맸다. 그러나 얼굴을 드니 (눈엔 참 아무것도 보이지 않았다.) 사지가 부르르 떨리면서 나도 엉금엉금 기어가 장인님의 바짓가랭이를 꽉 움키고 잡아낚았다.

 내가 머리가 터지도록 매를 얻어맞은 것이 이 때문이다. 그러나 여기가 또한 우리 장인님이 유달리 착한 곳이다. 여느 사람이면 사경을 주어서라도 당장 내어쫓았지, 터진 머리를 볼 솜으로 손수 지져주고, 호주머니에 희연(일제 때의 담배 이름) 한 봉을 넣어주고 그리고,

 "올 갈엔 꼭 성례를 시켜주마. 암만 말구 가서 뒷골의 콩밭이나 얼른 갈아라."

하고 등을 뚜덕여줄 사람이 누구냐. 나는 장인님이 너무나 고마워서 어

느덧 눈물까지 났다. 점순이를 남기고 인젠 내쫓기려니 하다 뜻밖의 말을 듣고,

"빙장님! 인제 다시는 안 그러겠어유!"

이렇게 맹세를 하며 부랴부랴 지게를 지고 일터로 갔다.

점순이 장인 편을 들다

그러나 이때는 그걸 모르고 장인님을 원수로만 여겨서 잔뜩 잡아당겼다.

"아! 아! 이놈아! 놔라, 놔……."

장인님은 헛손질을 하며 솔개미(솔개)에 챈 닭의 소리를 연해 질렀다. 놓긴 왜, 이왕이면 호되게 혼을 내주리라 생각하고 짓궂이 더 댕겼다. 마는 장인님이 땅에 쓰러져서 눈에 눈물이 피잉 도는 것을 알고 좀 겁도 났다.

"할아버지! 놔라, 놔, 놔, 놔, 놔라."

그래도 안 되니까,

"애 점순아! 점순아!"

이 악장(악을 쓰며 싸움)에 안에 있었던 장모님과 점순이가 헐레벌떡하고 단숨에 뛰어나왔다.

나의 생각에 장모님은 제 남편이니까 역성을 할는지도 모른다. 그러나 점순이는 내 편을 들어서 속으로 고수해(고소해) 하겠지…….

대체 이게 웬 속인지 (지금까지도 난 영문을 모른다) 아버질 혼내주기

는 제가 내래놓고 이제 와서는 달겨들며,

"에그머니! 이 망할 게 아버지 죽이네!"

하고 내 귀를 뒤로 잡아당기며 마냥 우는 것이 아니냐. 그만 여기에 기운이 탁 꺾이어 나는 얼빠진 등신이 되고 말았다. 장모님도 덤벼들어 한쪽 귀마저 뒤로 잡아채면서 또 우는 것이다.

이렇게 꼼짝도 못하게 해놓고 장인님은 지게막대기를 들어서 사뭇 내려조졌다(아래로 향하여 함부로 때렸다). 그러나 나는 구태여 피하려지도 않고 암만해도 그 속 알 수 없는 점순이의 얼굴만 멀거니 들여다보았다.

"이 자식! 장인 입에서 할아버지 소리가 나오도록 해?"

이야기 따라잡기

 '나'는 데릴사윗감으로 살고 있다. 장인이 둘째 딸 점순과 결혼시켜 주겠다고 약속했는데, '나'는 3년하고 7개월 동안 돈 한 푼 안 받고 농사일만 하고 지낸다. 장인은 점순이 아직 키가 안 컸다는 이유로 성례를 미루기만 한다. '나'는 처음부터 기한을 정하고 데릴사위가 되었어야 했다고 후회한다. 점순이 무거운 물동이를 들어서 키가 크지 않나보다 생각하고 점순의 물동이를 대신 져주기도 하고, 서낭당에서 빌기도 한다.
 장인은 마름으로 마을 안에서 세력을 가지고 있어서 사람들이 굽신거린다. 장인은 손버릇이 나빠서 사위인 '나'를 때리고 욕까지 한다. '나'는 그동안의 일이 억울하고 이대로 쫓겨서 집에 가면 창피하다는 생각이 들어서, 구장에게 담판을 하러 가자고 장인을 재촉한다.
 전날 점순이 밭으로 점심을 가지고 왔을 때, '나'에게 왜 아버지에게 성례시켜 달라고 재촉하지 않느냐고 말했었다. '나'는 점순의 말이 반

가워서 구장에게 담판을 하러 가야겠다고 마음먹었던 것이다.

구장은 '나'를 안쓰럽게 생각하지만 장인의 땅을 부치고 있는 처지라서 내 편을 들지 않는다. 오히려 남의 농사를 망치면 징역을 간다, 법률상 성년인 스물하나가 되어야 혼례가 가능하다고 합리적인 설명을 해준다.

전날 밤 뭉태네 집에 갔었는데, 뭉태가 내 편을 들며 '나'의 억울함을 알아주었다. 장인은 딸을 셋 두었는데, 맏딸이 열 살 때부터 열아홉 살 때까지 열네 명의 데릴사윗감을 갈아치운 이력이 있다. '나'는 점순의 세 번째 데릴사위 후보이다. 장인은 머슴을 두면 돈이 드니까 돈 안 들고 일 잘하는 놈을 계속 골라왔던 것이다.

점순이 '나'에게 바보처럼 왜 따지지 못했느냐고 말한 뒤부터, 아내가 될 점순이 '나'를 병신으로 보는 것을 '나'는 참을 수가 없다. 결국 오늘 장인과 결판을 내겠다고 생각한 '나'는 배가 아프다는 핑계로 드러눕고, 장인은 '나'를 마구 두들겨 팬다. 점순이 이 상황을 내다보고 있으니 '나'는 장인에게 더욱 달려들어 성례를 올려달라고 떼를 쓰고 맞붙어 싸운다.

장인이 땅에 쓰러지자 장모와 점순이 뛰어나온다. '나'는 점순이 내 편을 들어줄 것으로 기대한다. 그런데 점순은 내가 자기 아버지를 죽인다며 운다. 장인은 다시 일어나 '나'를 심하게 때린다. '나'는 맞으면서 점순의 마음을 알 수 없어 점순의 얼굴만 쳐다본다.

쉽게 읽고 이해하기

데릴사위 풍습과 농촌 사회의 특성

「봄봄」(『조광』, 1935. 12)은 데릴사위의 노동력을 무보수로 착취하고 있는 농촌 사회의 부조리한 상황을 배경으로 하고 있다. 주인공은 데릴사윗감으로 들어와 혼례를 하염없이 기다리며 장인의 처분만 기다리는 순박한 청년인 반면, 장인은 데릴사위 풍습을 절묘하게 악용하면서 주인공의 노동력만 착취하려고 하는 악의적인 인물이다.

데릴사위 풍속은 일반적으로 딸만 있고 아들이 없는 집안에서 행해진다. 우리나라에서는 고구려 때부터 이런 풍속이 있었다. 고려시대 이전에는 사위를 양자로 삼는 서양자(婿養子)가 있었고, 조선시대에는 처가에서 가사를 돌보는 솔서(率婿)가 있었다. 그러나 조선 명종 때부터 이런 풍속이 사라지기 시작하였다고 한다. 사위를 백년손님이라 하여 귀하게 여기는 현재의 풍습과 매우 다르다.

「봄봄」 속의 장인은 마름이라서 농촌 사회에선 권력을 가진 인물이다. 장인은 맏딸의 결혼 때 데릴사윗감을 14명이나 갈아치웠으며, 주인공은 둘째 딸인 점순에게 세 번째로 들어온 데릴사위 후보이다. 즉 장인은 농사를 지을 무보수 노동력이 필요했던 것이지 데릴사위에게는 거의 관심이 없어서, 주인공에게 폭력을 행사하며 노예처럼 부려먹는다.

지렁이도 밟으면 꿈틀한다고 한다. 순박한 주인공은 장인의 결정을 기다리다 못해 저항을 시작한다. 저항이 촉발된 계기는 점순의 독촉에 있었다. 주인공은 장인에게 대들고 담판을 하는데 상황은 좀처럼 나아지지 않는다. 이 소설은 착취를 당해온 데릴사윗감이 벌인 어리숙한 저항과 실패의 기록이다.

해학적 분위기와 독특한 문체

이 작품은 희극적 인물형과 과장되고 우스꽝스러운 갈등 양상이 돋보인다. 혼인을 핑계로 일만 시키는 교활한 장인과 장인에게 반발하면서도 끝내 이용당하는 순박하고 어리숙한 데릴사윗감 '나'가 갈등을 빚고 있는 모습은 해학적이면서도 리얼하게 그려져 있다.

주인공 '나'는 점순과 혼인을 시켜준다는 말만 믿고 3년 7개월을 무일푼으로 데릴사위 노릇을 하는 인물이다. 마름인 장인은 딸을 미끼로 자기 잇속만 차리는 못된 인간이며, 점순은 은근히 '나'에게 행동할 것을 부추기는 인물이다.

장인과 데릴사윗감의 갈등은 희극적으로 과장되어 작품 전반에 웃음이 넘치게 한다. 딸의 키를 핑계로 혼례를 미루고 일만 시키는 장인의 속임수, 아버지의 행동에 반발하여 '나'를 충동질하는 점순이의 당돌함, 장인의 속임수에 대항하지만 번번이 당하기만 하는 '나'의 어리숙함 등이 한데 어우러지면서 희극적 상황은 확장된다.

 해학적 분위기는 김유정의 독특한 문체와 잘 어우러진다. 김유정은 토착적인 속어, 잘 다듬어지지 않은 듯한 말투 등을 익살스럽게 사용하는 데 뛰어나다. '나'의 어리숙한 말투는 작품 전체의 해학적 분위기를 이끌어간다. 이것은 독자로 하여금 엉뚱하고 과장된 희극적 갈등 양상을 더없이 자연스러운 일로 받아들이게 한다.

「동백꽃」(『조광』, 1936. 5)은

마름의 딸인 점순이 보내오는

사랑의 화살을 전혀 인식하지 못하는

주인공이 적극적인 점순의 공세에 밀려

노란 동백꽃 무더기 속에서

이성에 눈을 뜨는 모습을 '동백꽃'이라는 소재를

통해 효과적으로 드러낸 작품이다.

동백꽃

알싸한 그리고 향긋한 그 냄새에
나는 땅이 꺼지는 듯이 온 정신이 고만 아찔하였다.

등장인물

나 소작농의 아들. 점순의 마음을 전혀 눈치 채지 못할 정도로 우둔하다. 점순네의 호의로 가족이 마을에 터를 잡았기 때문에 점순과 개인적으로 엮이지 않도록 조심한다.

점순 마름의 딸로 적극적인 성격. 점순이 닭싸움에 열을 올리거나 감자를 먹으라고 주는 모습, '나'를 놀리는 행동은 '나'를 좋아하기 때문이다.

동백꽃

점순은 닭싸움을 붙이며 나를 괴롭힌다

 오늘도 또 우리 수탉이 막 쪼이었다. 내가 점심을 먹고 나무를 하러 갈 양으로 나올 때이었다. 산으로 올라서려니까 등 뒤에서 푸드득, 푸드득, 하고 닭의 횃소리가 야단이다. 깜짝 놀라며 고개를 돌려보니 아니나 다르랴, 두 놈이 또 얼리었다.

 점순네 수탉(은 대강이가 크고 똑 오소리같이 실팍하게 생긴 놈)이 덩저리('몸집'을 낮잡아 이르는 말) 작은 우리 수탉을 함부로 해내는 것이다. 그것도 그냥 해내는 것이 아니라 푸드득 하고 면두(볏)를 쪼고 물러섰다가 좀 사이를 두고 또 푸드득 하고 모가지를 쪼았다. 이렇게 멋을 부려 가며 여지없이 닦아놓는다. 그러면 이 못생긴 것은 쪼일 적마다 주둥이로 땅을 받으며 그 비명이 킥, 킥, 할 뿐이다. 물론 미처 아물지도 않은 면두를 또 쪼이어 붉은 선혈은 뚝뚝 떨어진다.

 이걸 가만히 내려다보자니 내 대강이가 터져서 피가 흐르는 것같이 두 눈에서 불이 번쩍 난다. 대뜸 지게막대기를 메고 달려들어 점순네 닭을 후려칠까 하다가 생각을 고쳐먹고 헛매질로 떼어만 놓았다.

이번에도 점순이가 쌈을 붙여놨을 것이다. 바짝바짝 내 기를 올리느라고 그랬음에 틀림없을 것이다. 고놈의 계집애가 요새로 들어서서 왜 나를 못 먹겠다고 고렇게 아르릉거리는지 모른다.

감자 사건의 전말과 두 집안의 관계

나흘 전 감자 쪼간(사건)만 하더라도 나는 저에게 조금도 잘못한 것은 없다.

계집애가 나물을 캐러 가면 갔지 남 울타리 엮는데 쌩이질(한창 바쁠 때 쓸데없는 일로 남을 귀찮게 하는 짓)을 하는 것은 다 뭐냐. 그것도 발소리를 죽여가지고 등 뒤로 살며시 와서,

"얘! 너 혼자만 일하니?"

하고 긴치 않은 수작을 하는 것이다.

어제까지도 저와 나는 이야기도 잘 않고 서로 만나도 본 척 만 척하고 이렇게 점잖게 지내던 터이련만 오늘로 갑작스레 대견해졌음은 웬일인가. 황차(하물며) 망아지만 한 계집애가 남 일하는 놈 보고

"그럼 혼자 하지 떼루 하디?"

내가 이렇게 내배앝는 소리를 하니까,

"너 일하기 좋니?"

또는

"한여름이나 되거든 하지 벌써 울타리를 하니?"

잔소리를 두루 늘어놓다가 남이 들을까 봐 손으로 입을 틀어막고는 그 속에서 깔깔댄다. 별로 우스울 것도 없는데 날씨가 풀리더니 이놈의 계집애가 미쳤나 하고 의심하였다. 게다가 조금 뒤에는 제 집께를 할금할금 돌아다보더니 행주치마의 속으로 꼈던 바른손을 뽑아서 나의 턱밑으로 불쑥 내미는 것이다. 언제 구웠는지 아직도 더운 김이 홱 끼치는 굵은 감자 세 개가 손에 뿌듯이 쥐였다.

"느 집엔 이거 없지?"

하고 생색 있는 큰소리를 하고는 제가 준 것을 남이 알면은 큰일 날 테니 여기서 얼른 먹어버리란다. 그리고 또 하는 소리가

"너 봄감자가 맛있단다."

"난 감자 안 먹는다, 니나 먹어라."

나는 고개도 돌리려지 않고 일하던 손으로 그 감자를 도로 어깨 너머로 쑥 밀어버렸다.

그랬더니 그래도 가는 기색이 없고 뿐만 아니라 쌔근쌔근하고 심상치 않게 숨소리가 점점 거칠어진다. 이건 또 뭐야, 싶어서 그때서야 비로소 돌아다보니 나는 참으로 놀랐다. 우리가 이 동리에 들어온 것은 근 삼년째 되어오지만 여태껏 가무잡잡한 점순이의 얼굴이 이렇게까지 홍당무처럼 새빨개진 법이 없었다. 게다 눈에 독을 올리고 한참 나를 요렇게 쏘아보더니 나중에는 눈물까지 어리는 것이 아니냐. 그리고 바구니를 다시 집어들더니 이를 꼭 악물고는 엎어질 듯 자빠질 듯 논둑으로 횡하게 달아나는 것이다.

어쩌다 동리 어른이,

"너 얼른 시집가야지?"

하고 웃으면,

"염려 마서유. 갈 때 되면 어련히 갈라구."

이렇게 천연덕스레 받는 점순이었다. 본시 부끄럼을 타는 계집애도 아니거니와 또한 분하다고 눈에 눈물을 보일 얼병이도 아니다. 분하면 차라리 나의 등허리를 바구니로 한 번 모질게 후려쌔리고 달아날지언정.

그런데 고약한 그 꼴을 하고 가더니 그 뒤로는 나를 보면 잡아먹으려고 기를 복복 쓰는 것이다.

설혹 주는 감자를 안 받아먹은 것이 실례라 하면, 주면 그냥 주었지 "느 집엔 이거 없지"는 다 뭐냐. 그러잖아도 저희는 마름이고 우리는 그 손에서 배재(땅을 소작할 수 있는 권리)를 얻어 땅을 부치므로 일상 굽실거린다. 우리가 이 마을에 처음 들어와 집이 없어서 곤란으로 지낼 제 집터를 빌리고 그 위에 집을 또 짓도록 마련해준 것도 점순네의 호의였다. 그리고 우리 어머니 아버지도 농사 때 양식이 딸리면 점순네한테 가서 부지런히 꾸어다 먹으면서 인품 그런 집은 다시 없으리라고 침이 마르도록 칭찬하곤 하는 것이다. 그러면서도 열일곱씩이나 된 것들이 수군수군하고 붙어 다니면 동리의 소문이 사납다고 주의를 시켜준 것도 또 어머니였다. 왜냐하면 내가 점순이하고 일을 저질렀다가는 점순네가 노할 것이고, 그러면 우리는 땅도 떨어지고 집도 내쫓기고 하지 않으면 안 되는 까닭이었다.

그런데 이놈의 계집애가 까닭 없이 기를 복복 쓰며 나를 말려 죽이려고 드는 것이다.

점순의 마음을 몰라주는 나와 닭싸움에 더욱 열을 내는 점순

눈물을 흘리고 간 그담날 저녁나절이었다. 나무를 한 짐 잔뜩 지고 산을 내려오려니까 어디서 닭이 죽는 소리를 친다. 이거 뉘 집에서 닭을 잡나, 하고 점순네 울 뒤로 돌아오다가 나는 고만 두 눈이 뚱그래졌다. 점순이가 제 집 봉당에 홀로 걸터앉았는데 이게 치마 앞에다 우리 씨암탉을 꼭 붙들어놓고는,

"이놈의 닭! 죽어라, 죽어라."

요렇게 암팡스레 패주는 것이 아닌가. 그것도 대가리나 치면 모른다마는 아주 알도 못 낳으라고 그 볼기짝께를 주먹으로 콕콕 쥐어박는 것이다.

나는 눈에 쌍심지가 오르고 사지가 부르르 떨렸으나 사방을 한 번 휘둘러보고야 그제서 점순이 집에 아무도 없음을 알았다. 잡은 참 지게막대기를 들어 울타리의 중턱을 후려치며,

"이놈의 계집애! 남의 닭 알 못 낳으라구 그러니?"

하고 소리를 빽 질렀다.

그러나 점순이는 조금도 놀라는 기색이 없고 그대로 의젓이 앉아서 제 닭 가지고 하듯이 또 죽어라, 죽어라, 하고 패는 것이다. 이걸 보면 내가 산에서 내려올 때를 겨냥해가지고 미리부터 닭을 잡아가지고 있다가 너 보란 듯이 내 앞에 줴지르고 있음이 확실하다.

그러나 나는 그렇다고 남의 집에 튀어들어가 계집애하고 싸울 수도 없

는 노릇이고 형편이 썩 불리함을 알았다. 그래 닭이 맞을 적마다 지게막대기로 울타리나 후려칠 수밖에 별도리가 없다. 왜냐하면 울타리를 치면 칠수록 울섶이 물러앉으며 뼈대만 남기 때문이다. 허나 아무리 생각하여도 나만 밑지는 노릇이다.

"야 이년아! 남의 닭 아주 죽일 터이냐?"

내가 도끼눈을 뜨고 다시 꽥 호령을 하니까 그제서야 울타리께로 쪼루루 오더니 울 밖에 섰는 나의 머리를 겨누고 닭을 내팽개친다.

"에이, 더럽다! 더럽다!"

"더러운 걸 널더러 입때 끼고 있으랬니? 망할 계집애년 같으니!"

하고 나도 더럽단 듯이 울타리께를 힁하게 돌아내리며 약이 오를 대로 다 올랐다. 라고 하는 것은 암탉이 풍기는 서슬에 나의 이마빼기에다 물찌똥을 찍 깔겼는데 그걸 본다면 알집만 터졌을 뿐 아니라 골병은 단단히 든 듯싶다.

그리고 나의 등 뒤를 향하여 나에게만 들릴 듯 말 듯한 음성으로,

"이 바보 녀석아!"

"얘! 너 배냇병신이지?"

그만도 좋으련만,

"얘! 너 느 아버지가 고자라지?"

"뭐? 울 아버지가 그래 고자야?"

할 양으로 열벙거지가 나서 고개를 홱 돌리어 바라봤더니 그때까지 울타리 위로 나와 있어야 할 점순이의 대가리가 어디 갔는지 보이지를 않는다. 그러다 돌아서서 오자면 아까에 한 욕을 울 밖으로 또 퍼붓는 것

이다. 욕을 이토록 먹어가면서도 대거리 한 마디 못 하는 걸 생각하니 돌부리에 채이어 발톱 밑이 터지는 것도 모를 만치 분하고 급기야는 두 눈에 눈물까지 불끈 내솟는다.

그러나 점순이의 침해는 이것뿐이 아니다.

사람들이 없으면 틈틈이 제 집 수탉을 몰고 와서 우리 수탉과 쌈을 붙여놓는다. 제 집 수탉은 썩 험상궂게 생기고 쌈이라면 홰를 치는 고로 으레 이길 것을 알기 때문이다. 그래서 툭하면 우리 수탉이 면두며 눈깔이 피로 흐드르하게(물 같은 것이 고이거나 묻어서 번드르하게) 되도록 해놓는다. 어떤 때에는 우리 수탉이 나오지를 않으니까 요놈의 계집애가 모이를 쥐고 와서 꾀어내다가 쌈을 붙인다.

싸움에서 이기려고 닭에게 고추장을 먹이다

이렇게 되면 나도 다른 배채(대책, 방도)를 차리지 않을 수 없다. 하루는 우리 수탉을 붙들어가지고 넌지시 장독께로 갔다. 쌈닭에게 고추장을 먹이면 병든 황소가 살모사를 먹고 용을 쓰는 것처럼 기운이 뻗친다 한다. 장독에서 고추장 한 접시를 떠서 닭 주둥아리께로 들이밀고 먹여보았다. 닭도 고추장에 맛을 들였는지 거스르지 않고 거진 반 접시 턱이나 곧잘 먹는다.

그리고 먹고 금세는 용을 못 쓸 터이므로 얼마쯤 기운이 돌도록 홰 속에다 가두어두었다.

밭에 두엄을 두어 짐 져내고 나서 쉴 참에 그 닭을 안고 밖으로 나왔다. 마침 밖에는 아무도 없고 점순이만 제 울 안에서 헌옷을 뜯는지 혹은 솜을 터는지 웅크리고 앉아서 일을 할 뿐이다.

　나는 점순네 수탉이 노는 밭으로 가서 닭을 내려놓고 가만히 맥을 보았다. 두 닭은 여전히 얼리어 쌈을 하는데 처음에는 아무 보람이 없다. 멋지게 쪼는 바람에 우리 닭은 또 피를 흘리고 그러면서도 날갯죽지만 푸드득, 푸드득, 하고 올라 뛰고 뛰고 할 뿐으로 제법 한 번 쪼아보지도 못한다.

　그러나 한 번은 어쩐 일인지 용을 쓰고 펄쩍 뛰더니 발톱으로 눈을 하비고(손톱이나 날카로운 물건 따위로 조금 긁어 파고) 내려오며 면두를 쪼았다. 큰 닭도 여기에는 놀랐는지 뒤로 멈씰하며 물러난다. 이 기회를 타서 작은 우리 수탉이 또 날쌔게 덤벼들어 다시 면두를 쪼니 그제서는 감때사나운(억세고 사나운) 그 대강이에서도 피가 흐르지 않을 수 없다.

　옳다 알았다, 고추장만 먹이면은 되는구나, 하고 나는 속으로 아주 쟁그라워(속이 후련하여 마음이 간지러워) 죽겠다. 그때에는 뜻밖에 내가 닭쌈을 붙여놓는 데 놀라서 울 밖으로 내다보고 섰던 점순이도 입맛이 쓴지 살을 찌푸렸다.

　나는 두 손으로 볼기짝을 두드리며 연방

　"잘한다! 잘한다!"

하고 신이 머리끝까지 뻗치었다.

　그러나 얼마 되지 않아서 나는 넋이 풀리어 기둥같이 묵묵히 서 있게 되었다. 왜냐하면 큰닭이 한 번 쪼인 앙갚음으로 호들갑스레 연거푸 쪼는 서슬에 우리 수탉은 찔끔 못하고 막 곯는다. 이걸 보고서 이번에는 점순이가 깔깔거리고 되도록 이쪽에서 많이 들으라고 웃는 것이다.

나는 보다 못하여 덤벼들어서 우리 수탉을 붙들어 가지고 도로 집으로 들어왔다. 고추장을 좀 더 먹였더라면 좋았을 걸 너무 급하게 쌈을 붙인 것이 퍽 후회가 난다. 장독께로 돌아와서 다시 턱밑에 고추장을 들이댔다. 흥분으로 말미암아 그런지 당최 먹질 않는다.

나는 하릴없이 닭을 반듯이 누이고 그 입에다 궐련 물부리(담배를 끼워서 빠는 물건)를 물리었다. 그리고 고추장 물을 타서 그 구멍으로 조금씩 들이부었다. 닭은 좀 괴로운지 킥킥 하고 재채기를 하는 모양이나 그러나 당장의 괴로움은 매일같이 피를 흘리는 데 댈 게 아니라 생각하였다.

그러나 한 두어 종지가량 고추장 물을 먹이고 나서는 나는 그만 풀이 죽었다. 싱싱하던 닭이 왜 그런지 고개를 살며시 뒤틀고는 손아귀에서 뻐드러지는 것이 아닌가. 아버지가 볼까 봐서 얼른 홰에다 감추어두었더니 오늘 아침에서야 겨우 정신이 든 모양 같다.

그랬던 걸 이렇게 오다 보니까 또 쌈을 붙여놨으니 이 망할 계집애가 필연(틀림없이 꼭) 우리 집에 아무도 없는 틈을 타서 제가 들어와 홰에서 꺼내가지고 나간 것이 분명하다.

나는 다시 닭을 잡아다 가두고 염려는스러우나 그렇다고 산으로 나무를 하러 가지 않을 수도 없는 형편이었다.

노란 동백꽃 속으로 쓰러지는 점순과 나

소나무 삭정이를 따며 가만히 생각해보니 암만해도 고년의 목쟁이(목정강이, 목덜미를 이루는 뼈)를 돌려놓고 싶다. 이번에 내려가면 망할 년 등줄기를 한 번 되게 후려치겠다, 하고 싱둥겅둥 나무를 지고는 부리나케 내려왔다.

거지반 집께 다 내려와서 나는 호드기(버들피리) 소리를 듣고 발이 딱 멈추었다. 산기슭에 널려 있는 굵은 바윗돌 틈에 노란 동백꽃이 소보록하니 깔리었다. 그 틈에 끼어 앉아서 점순이가 청승맞게스리 호드기를 불고 있는 것이다. 그보다도 더 놀란 것은 그 앞에서 또 푸드득, 푸드득, 하고 들리는 닭의 횃소리다. 필연코 요년이 나의 약을 올리느라고 또 닭을 집어내다가 내가 내려올 길목에다 쌈을 시켜놓고 저는 그 앞에 앉아서 천연스레 호드기를 불고 있음에 틀림없으리라.

나는 약이 오를 대로 다 올라서 두 눈에서 불과 함께 눈물이 퍽 쏟아졌다. 나무 지게도 벗어놓을 새 없이 그대로 내동댕이치고는 지게막대기를 뻗치고 허둥지둥 달려들었다.

가까이 와보니 과연 나의 짐작대로 우리 수탉이 피를 흘리고 거의 빈사 지경에 이르렀다. 닭도 닭이려니와 그러함에도 불구하고 눈 하나 깜짝 없이 고대로 앉아서 호드기만 부는 그 꼴에 더욱 치가 떨린다. 동리에서도 소문이 났거니와 나도 한때는 걱실걱실히(성격이 너그러워 말과 행동이 시원스러운) 일 잘하고 얼굴 예쁜 계집애인 줄 알았더니 시방 보니까 그 눈깔이 꼭 여우새끼 같다.

나는 대뜸 달겨들어서 나도 모르는 사이에 큰 수탉을 단매(단 한 번 때리는 매)로 때려 엎었다. 닭은 푹 엎어진 채 다리 하나 꼼짝 못하고 그대로 죽어버렸다. 그리고 나는 멍하니 섰다가 점순이가 매섭게 눈을 홉뜨고 닥치는 바람에 뒤로 벌렁 나자빠졌다.

"이놈아! 너 왜 남의 닭을 때려죽이니?"

"그럼 어때?"

하고 일어나다가,

"뭐 이 자식아! 누 집 닭인데?"

하고 복장(가슴의 한복판)을 떼미는 바람에 다시 벌렁 자빠졌다. 그리고 나서 가만히 생각을 하니 분하기도 하고 무안도 스럽고 또 한편 일을 저질렀으니 인젠 땅이 떨어지고 집도 내쫓기고 해야 되는지 모른다.

나는 비슬비슬 일어나며 소맷자락으로 눈을 가리고는 얼김에 엉, 하고 울음을 놓았다. 그러다 점순이가 앞으로 다가와서

"그럼 너 이담부턴 안 그럴 터냐?"

하고 물을 때에야 비로소 살길을 찾은 듯싶었다. 나는 눈물을 우선 씻고 뭘 안 그러는지 명색도 모르건만

"그래!"

하고 무턱대고 대답하였다.

"요담부터 또 그래봐라, 내 자꾸 못살게 굴 테니."

"그래 그래, 인젠 안 그럴 테야."

"닭 죽은 건 염려 마라. 내 안 이를 테니."

그리고 뭣에 떠다밀렸는지 나의 어깨를 짚은 채 그대로 픽 쓰러진다. 그 바람에 나의 몸뚱이도 겹쳐서 쓰러지며 한창 피어 퍼드러진 노란 동백꽃 속으로 폭 파묻혀 버렸다.

알싸한 그리고 향긋한 그 냄새에 나는 땅이 꺼지는 듯이 온 정신이 고

만 아찔하였다.

"너 말 마라?"

"그래!"

조금 있더니 요 아래서

"점순아! 점순아! 이년이 바느질을 하다 말구 어딜 갔어?"

하고 어딜 갔다 온 듯싶은 그 어머니가 역정이 대단히 났다.

점순이가 겁을 잔뜩 집어먹고 꽃 밑을 살금살금 기어서 산 아래로 내려간 다음 나는 바위를 끼고 엉금엉금 기어서 산 위로 치빼지 않을 수 없었다.

이야기 따라잡기

 오늘도 우리 수탉이 점순네 수탉에게 쪼이는 모습을 보고 '나'는 화가 난다. 요즘 점순이 두 수탉을 쌈을 붙이는데, '나'는 점순이 왜 그러는지 모르겠다. 나흘 전 울타리를 엮고 있는 '나'에게 다가와 점순이 괜히 말을 걸면서 감자를 먹으라고 했는데, 그것을 거절했더니 점순이 씩씩거리며 얼굴이 빨개졌던 일이 마음에 걸리기는 한다.
 점순네는 마름이고 우리는 소작인데, 점순네의 호의로 이 마을에 터를 잡고 있다. 부모님은 점순과 붙어다니다 일을 저지르면 우리가 쫓겨난다고 '나'에게 주의를 준 바 있다. 그래서 점순이 우리 씨암탉을 괴롭히고, '나'를 바보라 놀리고, 틈틈이 제 수탉과 우리 수탉을 싸움을 붙여 놓아도 '나'는 말리지 못하고 속만 태운다.
 '나'는 쌈닭에게 고추장을 먹이면 힘이 세진다는 말에 수탉에게 고추장을 먹인다. 닭이 기운이 나는 듯하다가 점순네 닭에게 지고 말자,

'나'는 닭에게 고추장을 더 먹인다.

  나는 나무를 하러 가던 중 노란 동백꽃이 피어 있는 곳에서 점순이가 닭싸움을 붙이고 있는 모습을 발견한다. 우리 수탉은 거의 빈사상태에 이르러 있다. '나'는 불같이 화가 나서 점순네 수탉을 때려죽인다. 그러나 이 일로 우리 집이 마을에서 쫓겨날 것만 같아 울음이 터진다. 점순은 '나'에게 닭을 죽인 일을 집에 이르지 않겠다면서, '나'의 어깨를 짚고 쓰러진다. 그 바람에 두 사람은 겹쳐 넘어지며 동백꽃 속으로 푹 파묻힌다. '나'는 정신이 아찔해진다. 잠시 후 이 일을 비밀에 붙이고 산 아래로 각각 내려간다.

쉽게 읽고 이해하기

노란 동백꽃의 소설적 의미와 이미지

「동백꽃」(『조광』, 1936. 5)은 제목만 보고 내용을 읽어보지 않으면, 동백꽃을 붉은 동백꽃으로 오인하기 쉽다. 우리가 흔히 알고 있는 동백꽃은 붉은 겨울 꽃이다. 하얀 눈 속에 탐스럽게 핀 동백꽃을 연상한다면, 이 소설의 의미와 이미지를 파악하는 데 당연히 실패한다.

김유정 소설 속의 동백꽃은 노란 동백꽃이다. '생강나무'가 정식 이름이며, 이른 봄 산속에서 가장 먼저 피어서 영춘화(迎春花, 봄을 알리는 꽃)라고도 불린다. 산수유와 매우 비슷하며, 작고 노란 꽃을 피운다. 꽃말은 '수줍음'이다.

소설 속에서 노란 동백꽃은 이성에 눈 뜬 열일곱 살 점순을 의미하는 소설적 장치이다. 노란 동백꽃은 점순이 '나'를 일방적으로 좋아하여 애를 태우다가 결정적인 행동을 하는 부분에서 등장한다. 두 사람이 노란 동백꽃 속으로 쓰러지는 장면이다. "한창 피어 퍼드러진 노란 동백꽃 속으로 폭 파묻혀 버렸다. 알싸한 그리고 향긋한 그 냄새에 나는 땅이 꺼지는 듯이 온 정신이 고만 아찔하였다"는 문장에는, 주인공에게 어쩔 수 없이 다가온 이성적 본능이 간결하게 표현되어 있다.

노란 동백꽃은 붉고 탐스러운 동백꽃과 달리, 크기가 매우 작고 꽃말처럼 수줍게 피어난다. 계절적으로 봄꽃이므로 풋풋한 사랑의 시작을 보여주는 이미지로도 알맞다. 이효석의 소설「메밀꽃 필 무렵」이 달빛을 받아 빛나는 흰 메밀꽃밭의 이미지로 가득 차 있듯이, 노랗게 핀 작고 여린 동백꽃은 이 소설에서 중요한 이미지로 작용한다.

사랑의 방향과 속도의 차이

이상적인 사랑은 두 사람 사이의 방향과 속도가 일치해야 이루어진다. 사랑의 방향과 속도가 다르다면 어떻게 될까. 이 사례를 보여주는 소설이「동백꽃」이다. 점순이 '나'를 향해 일방적 사랑을 계속 보여주는데 비해, '나'는 그 사랑을 전혀 인지하지 못한다. 두 사람의 사랑의 방향이 어긋나 있기 때문이다.

점순은 마름의 딸이고 '나'는 소작농의 아들이다. '나'의 어머니는 소작이라도 계속 짓고 살려면 마름의 딸과 얽히지 말라는 당부를 아들에게 한 바 있다. 착한 아들인 '나'는 점순을 사랑의 상대에서 제외하였으므로 점순이 보내는 사랑의 화살에 맞지 않는 것이다.

점순의 일방적 사랑의 속도는 무척 빠르다. 닭싸움에 점점 더 열을 올리는 점순의 행동은 사랑의 속도가 가속되는 모습이다. '나'는 닭싸움이 사랑의 표현인 줄 모르고 닭싸움에게 기를 쓰고 이기려고만 한다. '나'의 사랑의 속도는 영이다.

　소설 마지막에 이르러 점순이 과감하게 '나'를 동백꽃 속으로 밀어뜨릴 때 비로소 '나'는 정신이 아찔해진다. 방향과 속도에서 어긋나던 두 사람이 반강제적으로 일치를 보는 순간이다. 이처럼 사랑의 방향과 속도를 생각하면서 두 사람의 행동과 말, 심리적 반응을 읽어보자. 이 소설의 읽는 재미가 배가될 것이다.

친구를 갖는다는 것은 또 하나의 인생을 갖는 것이다.
— 발타사르 그라시안(에스파냐의 작가, 1601~1658)

「노다지」(『조선중앙일보』, 1935. 3. 2~9)는
금 도둑인 꽁보와 더펄을 중심으로,
금을 둘러싼 인간의 욕망과 배신의
드라마를 보여준다.
이 소설은 작가가 개인적 체험을 바탕으로
쓴 것이지만,
당시 국가적 상황을 엿볼 수 있는 작품이다.

노다지

척척 휠 만치 들어박힌 금, 우리도 이젠 팔자를 고치누나!

등장인물

꽁보 남의 금광에서 금을 훔치는 도둑. 더펄이와 의형제 관계. 더펄이가 목숨을 구해준 적이 있어서 은혜에 감사하다가, 마지막에 금에 대한 욕심 때문에 그를 배신한다.

더펄 꽁보를 살리기 위해 살인까지 저지르고 그와 의형제를 맺어 형이 된다. 힘이 좋고 겁도 없다. 금맥을 잘 찾는 꽁보와 함께 금을 훔치다가 사고로 돌에 깔려 죽는다.

노다지

꽁보에게는 금을 훔치다 생긴 무서운 기억이 있다

그믐 칠야(음력 그믐께의 몹시 어두운 밤) 캄캄한 밤이었다. 하늘에 별은 깨알같이 총총 박혔다. 그 덕으로 솔숲 속은 간신히 희미하였다. 험한 산중에도 우중충하고 구석배기 외딴 곳이다. 버석만 하여도 가슴이 덜렁한다. 호랑이, 산골 호생원!

만귀는 잠잠하다(깊은 밤, 모든 것이 자는 듯 고요하다). 가을은 이미 늦었다고 냉기는 모질다. 이슬을 품은 가랑잎은 바시락바시락 날아들며 얼굴을 축인다.

꽁보는 바랑(배낭)을 모로 베고 풀 위에 꼬부리고 누웠다가 잠깐 깜박하였다. 다시 눈이 띄었을 적에는 몸서리가 몹시 나온다. 형은 맞은편에 그저 웅크리고 앉았는 모양이다.

"성님, 인저 시작해볼라우!"

"아직 멀었네, 좀 춥더라도 참참이 해야지……."

어둠 속에서 그 음성만 우렁차게, 그러나 가만히 들릴 뿐이다. 연모를 고치는지 마치 쇠 부딪는 소리와 아울러 부스럭거린다. 꽁보는 다시 옹송그리고(궁상맞게 몸을 움츠리고) 새우잠으로 눈을 감았다. 야기(夜氣, 밤공기의 차고 눅눅한 기운)에 옷은 젖어 후줄근하다. 아랫도리가 척 나간 듯이 감촉을 잃고 대고 쑤실 따름이다. 그대로 버뜩 일어나 하품을 하고는 으드들 떨었다.

어디서인지 자박자박 사라지는 발자국 소리가 들린다. 꽁보는 정신이 번쩍 나서 눈을 둥굴린다.

"누가 오는 게 아뉴?"

"바람이겠지, 즈들이(저들이) 설마 알라구!"

신청부 같은(걱정이 많아 사소한 것은 돌아볼 마음의 여유가 없는) 그 대답에 적이(꽤 어지간한 정도로) 맘이 놓인다. 곁에 형만 있으면야 몇 놈쯤 오기로서니 그리 쫄일 게 없다. 적삼의 깃을 여미며 휘돌아보았다.

감때사나운(억세게 사나운) 큰 바위가 반득이는 하늘을 찌를 듯이, 삐쭈(삐죽) 솟았다. 그 양 어깨로 자지레한 바위는 뭉글뭉글한 놈이 검은 구름 같다. 그러면 이번에는 꿈인지 호랑인지 영문 모를 그런 험상궂은 대가리가 공중에 불끈 나타나 두리번거린다. 사방은 모두 이따위 산에 둘렸다. 바람은 뻗질나게 구르며 습기와 함께 낙엽을 풍긴다. 을씨년스레 샘물은 노냥(늘상) 쫄랑쫄랑 금시라도 시커먼 산 중턱에서 호랑이 불이 보일 듯싶다. 꼼짝 못할 함정에 든 듯이 소름이 쭉 돈다.

꽁보는 너무 서먹서먹하고 허전하여 어깨를 으쓱 올린다. 몹쓸 놈의 산골도 다 많어이. 산골마다 모조리 요지경이람. 이러고 보니 몹시 무서운 기억이 눈앞으로 번쩍 지난다.

바로 작년 이맘때이다. 그날도 오늘과 같이 밤을 도와 잠채(광물을 몰래 채굴하거나 채취함)를 하러 갔던 것이다. 회양(강원도 북쪽에 있음) 근방에도 가장 험하다는 마치 이렇게 휘하고(쓸쓸하고) 낯선 산골을 기어올랐다. 꽁보에 더펄이, 그리고 또 다른 동무 셋과. 초저녁부터 내리는 보슬비가 웬일인지 그칠 줄을 모른다. 붕, 하고 난데없이 이는 바람에 안기어 비는 낙엽과 함께 몸에 부딪고 또 부딪고 하였다. 모두들 입 벌릴 기력조차 잃고 대고 부들부들 떨었다. 방금 넘어올 듯이 덩치 커다란 바위는 머리를 불쑥 내 대고 길을 막고 막고 한다. 그놈을 끼고 캄캄한 절벽을 돌고 나니 땀이 등줄기로 쪽 내려 흘렀다. 게다가 언제 호랑이가 내닫는지 알 수 없으매 가슴은 펄쩍 두근거린다.

그러나 하기는, 이제 말이지 용케도 해먹긴 하였다. 아무렇든지 다섯 놈이 서른 길이나 넘는 암굴에 들어가서 한 시간도 채 못 되자 감(광석)을 두 포대나 실히 따올렸다마는, 문제는 논으맥이(나눠먹기)에 있었다. 어떻게 이놈을 나누면 서로 억울치 않을까. 꽁보는 금점에 남다른 이력이 있느니만치 제가 선뜻 맡았다. 부피를 대중하여 다섯 목에다 차례대로 메지메지 골고루 노났던(나누었던) 것이다. 한데 이런 우스꽝스러운 놈이 또 있을까.

"이게 일터면 노눈 건가!"

어두운 구석에서 어떤 놈이 이렇게 쥐어박는 소리를 하는 것이다. 제 딴은 욱기(욱하는 성미)를 보이느라고 가래침을 배앝는다.

"그럼."

꽁보는 하 어이없어서 그쪽을 뻔히 바라보았다. 이건 우리가 늘 하는 격식인데 이제 와서 새삼스럽게 게정(심술)을 부릴 것이 아니다.

"아니, 요게 내 거야?"

"그럼 누군 감벼락(날벼락)을 맞았단 말인가?"

"아니, 이 구덩이를 먼저 낸 것이 누군데 그래?"

"누구고 새고 알 게 뭐 있나, 금 있으니 땄고, 땄으니 노났지!"

"알 게 없다? 내가 없어도 느가 왔니? 이 새끼야?"

"이런 숭맥(숙맥) 보래, 꿀돼지 제 욕심 채기로 너만 먹자는 거야?"

바로 이 말에 자식이 욱하고 들이 덤볐다. 무지한 두 손으로 꽁보의 멱살을 잔뜩 움켜쥐고, 흔들고 지랄을 한다. 꽁보가 체수(체구)가 작고 좀팽이(체격이 작거나 성격이 좀스런 사람)라 쳐들고 한창 얕본 모양이다. 비를 맞아가며 숨이 콕 막히도록 시달리니 꽁보도 화가 안 날 수 없다. 저도 모르게 어느덧 감석(감돌. 유용한 광물을 일정량 이상 지닌 돌)을 손에 잡자 놈의 골통을 패뜨렸다(깨뜨렸다) 하니까, 이놈이 꼭 황소같이 식, 하더니 꽁보를 피언한 돌 위에다 집어 때렸다. 그리고 깔고 앉더니 대뜸 벽채(광석을 긁어모으거나 파내는 데 쓰이는 호미 같은 기구)를 들어 곁갈빗대를 힉, 하도록 아주 몹시 조겼다(호되게 갈겼다). 죽질 않기만 다행이지만 지금도 이게 가끔 도지어 몸을 못 쓰는 것이다. 담에는 왼편 어깨를 된통 맞았다. 정신이 다 아찔하였다. 험하고 깊은 산속이라 그대로 죽여버릴 작정이 분명하다. 세 번째에는 또다시 가슴을 겨누고 내려올 제, 인제는 꼬박 죽었구나 하였다. 참으로 지긋지긋하고 아슬아슬한 순간이었다. 그때 천행이랄까 대문짝처럼 크고 억센 더펄이가 비호같이 날아들었다. 잡은참(자분참, 지체없이) 그놈의 허리를 뒤로 두 손에 쥐어들더니 산비탈로 내던져 버렸다. 그놈은 그때 살았는지 죽었는지 이내 모른다. 꽁보는 곧바로 감석과 한꺼번에 더펄이 등에 업히어 마을로 내려왔던 것이다.

꽁보와 더펄이는 의형제가 되다

현재 꽁보가 갖고 다니는 그 목숨은 더펄이 손에서 명줄(수명)을 받은 그때의 끄트머리다. 더펄이를 형이라 불렀고 형우제공(兄友弟恭, 형제가 서로 우애를 다함)을 깍듯이 하는 것도 까닭 없는 일은 아니었다.

이 산골도 그 녀석의 산골과 똑 헐없는(영락없는) 흉측스러운 낯짝을 가졌다. 한 번 휘돌아보니 몸서리치던 그 경상(景狀, 좋지 못한 몰골이나 상태)이 다시 생각나지 않을 수 없다. 꽁보는 담배를 빡빡 피우며 시름없이 앉았다.

"몸 좀 녹여서 인저 시적시적 해볼까?"

더펄이도 추운지 떨리는 몸을 툭툭 털며 일어선다. 시작하도록 연모는 차비가 다 된 모양. 저편으로 가서 훔척훔척(보이지 않는 데 있는 것을 찾으려고 자꾸 더듬는 모양)하더니 바랑에서 막걸리 병과 돼지 다리를 꺼내들고 이리로 온다.

"그래도 좀 거냉(약간 데워서 찬 기운을 가시게 함)은 해야 할 걸!"

하고 그는 병마개를 이로 뽑더니,

"에이, 그냥 먹세, 언제 데워 먹겠나?"

"데웁시다."

"글쎄, 그것두 좋구, 근데 불을 놨다가 들키면 어쩌나?"

"저 바위 틈에다 가리고 핍시다."

아우는 일어서서 가랑잎을 긁어모았다.

형은 더듬어가며 소나무 삭정이(말라죽은 작은 가지)를 뚝뚝 꺾어서 한아름 안았다. 평풍(병풍)과 같이 바위와 바위 사이에 틈이 벌었다. 그 속으로 들어가 그들은 불을 놓았다.

"커…… 그어 맛 좋다이."

형은 한 잔을 쭉 켜고 거나하였다. 칼로 돼지고기를 저며 들고 쩍쩍 씹는다.

"아까 술집 계집 봤나?"

"왜 그류?"

"어떻든가?"

"……."

"아주 똑 땄데 고거 참!"

하고 그는 눈을 불빛에 끔벅거리며 싱글싱글 웃는다. 일 년이면 열두 달 줄청(줄곧) 돌아만 다닌다는 신세였다. 오늘은 서로, 내일은 동으로, 조선 천지의 금점판(금광)치고 아니 집적거린 데가 없었다. 언제나 나도 그런 계집 하나 만나 살림을 좀 해보누 하면 무거운 한숨이 절로 안 날 수 없다.

"거, 계집 있는 게 한결 낫겠더군!"

하고 저도 열적을(부끄러울) 만큼 시풍스러운(허풍스러운) 소리를 하니까,

"글쎄요……."

하고 꽁보는 그 얼굴을 빤히 쳐다보았다. 이날까지 같이 다녀야 그런 법 없더니만 왜 별안간 계집 생각이 날까, 별일이로군! 하긴, 저도 요즘으로 부쩍 그런 생각이 무륵무륵 안 나는 것도 아니지만, 가을이 늦어서 그런지 홀아비 마주 앉기만 하면 나는 건 그 생각뿐.

"성님 장가들라우?"

"어디 웬 계집이 있나?"

"글쎄?"

하고 꽁보는 그 말을 재치다가(재우치다가. 어떤 행동이 잇따라 진행되다가) 얼뜻(언뜻) 이런 생각을 하였다. 제 누이를 주면 어떨까. 지금 그 누이가 충주 근방 어느 농군에게 출가하여 자식을 둘씩이나 낳았다마는 매우 반반한 얼굴을 가졌다. 이걸 준다면 형은 무척 반기겠고, 또한 목숨을 구해준 그 은혜에 대하여 손씨세(손씻이)도 되리라.

"성님, 내 누이를 주라우?"

"누이?"

"썩 이뿌우, 성님이 보면 아마 담박 반하리다."

더펄이는 담말(다음 말)을 기다리며 다만 벙벙하였다. 불빛에 이글이글하고 검붉은 그 얼굴에는 만족한 미소가 떠올랐다. 그 누이에 대하여 칭찬은 전일부터 많이 들었다. 그럴 적마다 속중(마음속)으로는 슬며시 생각이 달랐으나 차마 이렇다 토설(고백)치는 못했던 터이었다.

"어떻수?"

"글쎄, 그런데 살림하는 사람을 그리 되겠나?"

하며, 뒷심(다음에 어떤 일을 기대하는 마음)은 두면서도 어정쩡하게 물어보

앉다. 그러고 들껍쩍하고(방정맞고 어울리지 않게 몸을 위아래로 흔들어대고) 술을 따라서 아우에게 권하다가 반이나 엎질렀다.

"그야, 돌려 빼면 그만이지 누가 뭐랠 터유."

꽁보는 자신이 있는 듯이 이렇게 선언하였다.

더펄이는 아주 좋았다. 팔짱을 딱 지르고 눈을 감았다. 나도 인젠 계집 하나 안아보는구나! 아마 그 누이란 썩 이쁠 것이다. 오동통하고, 아양스럽고, 이런 계집에 틀림없으리라. 그럴 필요도 없건마는 그는 벌떡 일어서서 주춤주춤하다가 다시 펄썩 앉는다.

"은제 갈려나?"

"가만 있수, 이거 해가지구 낼 갑시다."

오늘 일만 잘 되면 낼로 곧 떠나도 좋다. 충청도라야 강원도 역경(지역 경계)을 지나 칠팔십 리 걸으면 그만이다. 낼 해껏(해가 질 때까지) 걸으면 모레 아침에는 누이 집을 들러서 다른 금점으로 가리라 예정하였다. 그런데 이놈의 금을 언제나 좀 잡아볼는지 아득한 일이었다.

"빌어먹을 거, 은제쯤 재수가 좀 터보나!"

꽁보는 뜯고 있던 돼지 뼉다구를 내던지며 이렇게 한탄하였다.

"염려 말게, 어떻게 되겠지! 오늘은 꼭 노다지가 터질 테니 두고 보려나?"

"작히 좋겠수, 그렇거든 고만 들어앉읍시다."

"이를 말인가, 이게 참 할 노릇을 하나, 이제 말이지."

그들은 몇 번이나 이렇게 짜위(짬짜미. 둘이 몰래 짜고 하는 약속)했는지 그 수를 모른다. 네가 노다지를 만나든, 내가 만나든 둘이 똑같이 나눠가지고 집을 사고 계집을 얻고, 술도 먹고, 편히 살자고. 그러나 여태껏 한 번이라도 그렇게 해본 적이 없으니 매양 헛소리가 되고 말았다.

"닭 울 때도 되었네, 인제 슬슬 가보려나?"

더펄이는 선뜻 일어서서 바랑을 짚어 메다가 꽁보를 바라보았다. 몸이 또 도지는지(덧나는지) 불 앞에서 오르르 떨고 있는 것이 퍽이나 측은하였다.

"여보게 내 혼자 해 가주올게(가져올게) 불이나 쬐고 거기 있을려나?"

"뭘, 갑시다."

꽁보는 꼬물꼬물 일어서며 바랑을 메었다. 그들은 발로다 불을 비벼 끄고는 거기를 떠났다. 산에, 골을 엇비슷이 돌아 오르는 샛길이 놓였다. 좌우로는 솔, 잣, 밤, 단풍, 이런 나무들이 울창하게 꽉 들어박혔다. 그 밑으로는 재갈(자갈), 아니면 불퉁바위(거죽이 울퉁불퉁하게 생긴 바위)는 예제없이(여기저기 없이) 마냥 뒹굴었다. 한갓 시커먼 그 암흑 속을 그들은 더듬고 기어오른다. 풀숲의 이슬로 말미암아 고의는 축축이 젖었다. 다리를 옮겨놓을 적마다 철썩철썩 살에 붙으며 찬 기운이 쭉 끼친다. 그리고 모진 바람은 뻔질 불어내린다. 붕 하고 능글차게 낙엽이 불어내리다는 뺑 하고 되알지게(매몰차게) 기를 복쓴다.

꽁보는 더펄이 뒤를 따라 오르며 달달 떨었다. 이게 지랄인지 난장(난장판)인지. 세상에 짜장 못 해먹을 건 금점 빼고 다시 없으리라. 금이 다 무엇인지, 요 짓을 꼭 해야 한담. 게다 건뜻하면(걸핏하면) 서로 두들겨 죽이는 것이 일. 참말이지 금쟁이치고 하나 순한 놈 못 봤다. 몸이 결릴 적마다 지겹던 과거를 또 연상하며 그는 다시금 몸에 소름이 돋았다. 그러

자 맞은편 산 수풀에서 큰 불이 얼른하였다. '호랑이!' 이렇게 놀라고 더펄이 허리에 가 덥석 달리며,

"저게 뭐유?"

하고 다르르 떨었다.

"뭐?"

"저거, 아니 지금은 없어졌네."

"그게 눈이 어려서 헷거지 뭐야."

더펄이는 씸씸이(조금 쓸쓸하게) 대답하고 천연스레 올라간다. 다구진(당찬) 그 태도에 좀 안심이 되는 듯싶으나 그래도 썩 편치는 못하였다. 왜 이리 오늘은 대고 겁만 드는지 까닭을 모르겠다. 몸은 배시근하고(몹시 지쳐서 살이 뼈개지는 듯 거북살스럽고) 열로 인하여 입이 바짝바짝 탄다. 이것이 웬만하면 그럴 리 없으련마는,

"자네 안 되겠네, 내 등에 업히게!"

하고 더펄이가 등을 내대일 제, 그는 잠자코 바랑 위로 넙죽 업혔다. 그래도 끽소리 없이 덜렁덜렁 올라가는 더펄이를 굽어보며 실팍한 그 몸이 여간 부러운 것이 아니었다.

불볕 내리는 복중처럼 씨근거리며 이마에 땀이 쫙 흘렀을 그때에야 비로소 더펄이는 산마루턱까지 이르렀다. 꽁보를 내려놓고 땀을 씻으며 후, 하고 숨을 돌린다. 인제 얼마 안 남았겠지. 조금 내려가면 요 아래 있을 것이다.

휴광중인 금점에서 노다지를 훔칠 정보를 얻다

그들이 이 마을에 들른 것은 바로 오늘 점심때이다. 지나서 그냥 가려 하다가 뜻하지 않은 주막 주인 말에 귀가 번쩍 띄었던 것이다. 저 산 너머 금점이 있는데 금이 푹푹 쏟아지는 화수분(안에 무엇이든 한 번 넣어두면 새끼를 쳐서 계속 나온다는 보물 단지)이라고. 요즘에는 화약 허가를 내가지고 완전히 일을 하고자 하여 부득이 잠시 휴광중이고, 머지않아 다시 시작할 게다. 그리고 금 도둑을 맞을까 하여 밤낮 구별 없이 감시하는 중이라 하는 것이다.

그러나 이 밤중에 누가 자지 않고 설마, 하고 더펄이는 덜렁덜렁 내려간다. 꽁보는 그 꽁무니를 쿡쿡 찔렀다. 그래도 사람의 일이니 물은(물론) 모른다. 좌우 곁으로 살펴보며 살금살금 사리어 내려온다.

그들은 오 분쯤 내리었다. 딴은 커다란 구덩이 하나가 딱 내달았다. 산중턱에 짚더미 같은 바위가 놓였고 그 옆으로 또 하나가 놓여 가달(가닥)이 졌다. 그 가운데다 삐득한 돌장벽을 끼고 구멍을 뚫은 것이다. 가루지(가로)는 한 발 좀 못 되고 길벅지(세로)는 약 서 발 가량. 성냥을 그어 대보니 깊이는 네 길이 넘겠다. 함부로 쪼아 먹은 구뎅이라 꺼칠한 놈이 군 버력(광석이나 석탄을 캘 때 나오는 광물 성분이 섞이지 않은 잡돌)도 똑똑히 못 치웠다. 잠채(潛採, 광물을 몰래 채굴하거나 채취함)를 염려하여 그랬으리라. 사다리는 모조리 떼가고 밍숭밍숭한 돌벽이 있을 뿐이다.

그들은 다시 한 번 사방을 둘레둘레 돌아보았다. 지척을 분간키 어려우나 필경 사람은 없을 것이다. 마음을 놓고 바랑에서 광술(관솔. 소나무에서 송진이 많이 엉긴 부위)을 꺼내어 불을 대렸다. 더펄이가 먼저 장벽에 엎디어 뒤로 기어 내린다. 꽁보는 불을 들고 조심성 있게 참참이 내려온다. 한 길쯤 남았을 때 그만 발이 찍 하고 더펄이는 떨어졌다. 꿍 하고 무던히 골탕은 먹었으나 그대로 쓱싹 일어섰다. 동이 트기 전에 얼른 금을 따야 될 것이다.

"여보게 아우, 나는 어딜 따랴나?"

"글쎄유…… 가만히 기슈."

아우는 불을 들이대고 줄맥(금맥)을 한 번 쭉 훑었다.

금점 일에는 난다 긴다 하는 아달맹이(안성맞춤. 야무지고 대바르며 똑똑한 이) 금쟁이였다. 썩 보더니 복판에는 동(쇠줄에 유용한 성분 함량이 적은 부분)이 먹어 들어가고(금맥의 성분이 적다는 뜻) 양편 가생이(가장자리)로 차차 줄(금맥)이 생하는(생기는) 것을 알았다.

"성님은 저편 구석을 따우."

아우는 이렇게 지시하고 저는 이쪽 구석으로 왔다. 그러나 차마 그 틈바귀로 들어갈 생각이 안 난다. 한 길이나 실히 되도록 쌓아 올린 동발(동바리. 갱도가 무너지지 않도록 세운 버팀목)이 금방 넘어올 듯이 위험했다. 밑에는 좀 잔돌로 쌓으나 그 위에는 제법 굵직굵직한 놈들이 얹혔다. 이것이 무너지면 꽥 소리도 못하고 치여 죽는다.

꽁보는 한참 생각했으되 별 수 없다. 낯을 찌푸려가며 바랑에서 망치와 타래징(타래정. 돌을 쪼거나 다듬는 데 쓰는 쇠로 된 연장)을 꺼내 들었다. 그런데 어떻게 파먹은 놈이게 옴폭이 들어간 것이 일커녕 몸 하나 놓을 데가 없다. 마지못해 두 다리를 동발께로 쭉 뻗고 몸을 그 홈패기에 착 엎디어 망치질을 하기 시작하였다.

꽁보가 노다지를 발견하다

돌에 뚫린 석혈(광물이 바위 속에 들어 있는 광산) 구뎅이라 공기는 더욱 퀭하였다. 징 때리는 소리만 양쪽 벽에 무거웁게 부딪친다.

"팡! 팡!"

이렇게 몹시 귀를 울린다.

거반 한 시간이 넘었다. 그들은 버력 같은 만감(잡돌에 가까운 광석) 이외에 아무것도 얻지 못했다. 다시 오 분이 지난다. 십 분이 지난다. 딱 그때다.

꽁보는 땀을 철철 흘리며 좁다란 그 틈에서 감(광석) 하나를 손에 따 들었다. 헐없이 작은 목침 같은 그런 돌팍(돌멩이)을. 엎드린 그채(그대로) 불빛에 비치어 가만히 뒤져보았다. 번들번들한 놈이 그 광채가 되우 혼란스럽다. 혹시 연철이나 아닐까. 그는 돌 위에 눕혀놓고 망치로 두드리며 깨보았다. 좀체 하여서는 쪽이 잘 안 나갈 만치 쭌둑쭌둑한 금돌! 그는 다시 집어들고 눈앞으로 바싹 가져오며 실눈을 떴다. 얼마를 뚫어지게 노려보았다. 무작정으로 가슴은 뚝딱거리고 마냥 들렌다(설렌다). 이 돌에 박힌 금만으로도, 모름 몰라도 하치(적어도) 열 냥쯤은 넘겠지.

천 원! 천 원!

"그 뭔가, 뭐야?"

더펄이는 이렇게 허둥지둥 달려들었다.

"노다지!"
하고 풀 죽은 대답.

"으으응, 노다지?"
하기 무섭게 더펄이는 우뻑지뻑(무리하고 급하게 덤벼드는 모양) 그 돌을 받아들고 눈에 들이댄다. 척척 휠 만치 들어박힌 금, 우리도 이젠 팔자를 고치누나! 그는 껍쩍껍쩍 엉덩춤이 절로 난다.

"이리 나오게, 내 땀세."
그는 아우의 몸을 번쩍 들어 내놓고 제가 대신 들어간다. 역시 동발께로 다리를 쭉 뻗고는 그 틈바귀에 덥석 엎디었다. 몸이 워낙 커서 좀 둥개이나(쩔쩔매나) 아무렇게도 아우보다 힘이 낫겠지. 그 좁은 틈에 타래징을 꽂아 박고, 식식 하고 망치로 때린다.

꽁보는 그 앞에 서서 시무룩허니 흥이 지었다. 금점 일로 할지면 제가 선생님이요, 형은 제 지휘를 받아왔던 것이다. 뭘 안다고 풋둥이(풋둥이. 풋내기)가 어줍대는가(서툴고 어설픈가), 돌쪽 하나 변변히 못 떼낼 것이…… 그는 형의 태도가 심상치 않음을 얼핏 알았다. 금을 보더니 완연히 변한다.

"저 고깽이(곡괭이) 좀 집어주게."
형은 고개도 아니 들고 소리를 뻑 지른다.

아우는 잠자코 대꾸도 아니한다. 사람을 너무 얕보는 그 꼴이 썩 아니꼬웠다.

"아 이 사람아, 곡괭이 좀 얼른 집어줘, 왜 저리 정신없이 섰나."
그리고 눈을 딱 부릅뜨고 쳐다본다. 아우는 암말 않고 저편 구석에 놓인 곡괭이를 집어다 주었다. 그리고 우두커니 다시 섰다. 형이 무람없이 (버릇없이) 굴면 굴수록 그것은 반드시 시위에 가까웠다. 힘이 좀 있다고 주제넘게 꺼떡이는 그 화상(모습)이야 눈허리(콧잔등)가 시면 시었지 그냥은 못 볼 것이다.

"또 땄네, 내 기운이 어떤가?"

형은 이렇게 주적거리며(아는 체하며 마구 떠들며) 곡괭이를 연상(연거푸) 내려찍는다. 마치 죽통에 덤벼드는 돼지 모양이다. 억척스럽게도 손뼘만 한 감을 두 쪽이나 따냈다. 인제는 악이 아니면 세상 없어도 더는 못 딸 것이다.

엑! 엑! 엑!

그래도 억센 주먹에 굳은 동(노다지)이 다 벌컥벌컥 나간다.

꽁보는 더펄이를 죽게 놓아두고 달아나다

제 힘을 되우 자랑하는 형을 이윽히 바라보니 또한 그 속이 보인다. 필연코 이 노다지를 혼자 먹으려고 하는 것이다. 하면 내가 있는 것을 몹시 꺼리겠지 하고 속을 태운다.

"이것 봐, 자네 같은 건 골백 와야 소용없네."

하고 또 뽐낼 제 가슴이 선뜩하였다. 앞서는 형의 손에 목숨을 구해 받았으나 이번에는 같은 산골에서 그 주먹에 명을 도로 끊을지도 모른다. 그는 형의 주먹을 가만히 내려보다가 가엾이도 앙상한 제 주먹에 대조하여 보지 않을 수 없다. 그러나 다만 속이 바르르 떨릴 뿐이다.

그러나 꽁보는 기겁을 하여 놀라며 뒤로 물러섰다. 어이쿠 하고 불시의 비명과 아울러 와르르 하였다. 쌓아올린 동발이 어찌하다 중턱이 헐리었다. 모진 돌들은 더펄이의 장딴지며, 넓적다리, 엉덩이까지 그대로 엎눌렀다. 살은 물론 으스러졌으리라. 그는 엎으러진(엎드린) 채 꼼짝 못하고 아픔에 못 이기어 끙끙거린다. 하나 죽질 않기만 요행이다. 바로 그 위의 공중에는 징그럽게 커다란 돌들이 내려 구르자 그 밑을 받친 불과 조그만 조각돌에 걸리어 미처 못 굴러 내리고 간댕거리는 것이었다. 이 돌만 내려치면 그 밑의 그는 목숨은 고사하고 윽살(몹시 짓눌려 짜부라짐)이 될 것이다.

"여보게, 내 몸 좀 빼주게."

형은 몸은 못 쓰고 죽어가는 목소리로 애원한다. 그리고 또,

"아우, 나 죽네, 응?"

하고 더욱 애를 끊으며 빌붙는다. 고개만 겨우 들었을 따름 그 외에는 손조차 자유를 잃은 모양 같다.

아우는 무너지려는 동발을 쳐다보며 얼른 그 머리맡으로 다가선다. 발 앞에 놓인 노다지 세 쪽을 날쌔게 손에 잡자 도로 얼른 물러섰다. 그리고 눈물이 흐른 형의 얼굴은 돌아도 안 보고 그 발로 허둥지둥 장벽을 기어오른다.

"이놈아!"

너머 기어올라(기가 올라) 벼락같이 악을 쓰는 호통이 들리었다. 또 연하여 우지끈 뚝딱, 하는 무서운 폭성(爆聲)이 들리었다. 그것은 거의 거의 동시의 일이었다. 그러고는 좀 와스스 하다가 잠잠하였다.

김유정

그때는 벌써 두 길이나 너머 아우는 기어올랐다. 굿문(굴문)까지 다 나왔을 제 그는 머리만 내밀어 사방을 두릿거리다 그림자까지 사라진다.

  더펄이의 형체는 보이지 않는다. 침침한 어둠 속에 단지 굵은 돌멩이만이 쫙 흩어졌다. 이쪽 마구리(막장의 뚫고 나가는 쪽의 문)의 타다 남은 화롯불은 바야흐로 질듯질듯 껌벅거린다. 그리고 된 바람이 애, 하고는 굿문께서 모래를 쫘륵쫘륵 들이 뿜는다.

이야기 따라잡기

　캄캄하고 무시무시한 밤에 꽁보는 더펄과 휴광 중인 금점에 금을 훔치려고 몰래 잠입한다. 꽁보는 더펄이형과 함께 있어서 마음이 든든하다. 왜냐하면 일 년 전에 다섯 명이 남의 금광에서 금을 훔쳐 똑같이 나누다가 한 놈과 시비가 붙은 적이 있었는데, 꽁보가 죽을 위험에 처했을 때 더펄이 살인을 하면서까지 구해주었기 때문이다. 이후 두 사람은 의형제 관계로 지내왔다.
　꽁보는 더펄에게 깍듯이 대하고, 외로워하는 더펄에게 결혼한 누이를 빼내서 주겠다고 약속한다. 더펄은 겁 많은 꽁보를 업고 금광을 향해 올라간다. 휴광 중인 금점에서 금을 훔치기로 한 것은 오늘 점심 때 주막에서 정보를 얻었기 때문이다.
　두 사람은 금광에 들어가 금을 캐기 시작한다. 꽁보는 금점에 대해 아는 것이 많고 금맥을 잘 아는 금쟁이다. 두 사람은 땀을 흘리며 금을 캐기 시작하고, 꽁보가 먼저 노다지를 발견한다. 더펄은 금을 보더니 돌변하여 자기가 직접 캐겠다고 소리를 지른다. 꽁보는 형이 혼자 노다지를 차지하려는 것 같아서 속이 탄다. 일전에 형이 목숨을 구해주었지만 이번에는 형이 자기 목숨을 끊을지도 모른다고 생각하는 순간, 더펄이 사고를 당해 돌 틈에 끼인다. 꽁보는 살려달라는 더펄을 바라보다가 더펄을 구해주지 않고 금만 챙겨 달아난다. 잠시 후 폭성이 잠잠해지고 더펄의 형체는 보이지 않게 된다.

쉽게 읽고 이해하기

금광시대를 소재로 한 소설

「노다지」는 『조선중앙일보』 신춘문예 가작 입선 작품으로, '가작 단편소설 기사(其四)'라는 표식을 붙이고 1935년 3월 2일부터 9일까지 5회 연재되었다. 김유정의 소설 중 금광을 소재로 한 작품으로 「노다지」, 「금」, 「금 따는 콩밭」 등 세 편이 있는데 「노다지」는 금을 소재로 한 작품 중에서 제일 먼저 발표된 작품이다. 김유정은 고향마을에서 사금을 채취하는 것을 보았고, 충청도 예산 등지의 금광 현장에서 일한 바도 있었다. 이렇게 작가 김유정의 체험이 드러나기 때문에 현장감이 강하게 살아나는 작품이다.

금광 소재의 소설은 김유정 개인의 체험을 넘어 일제강점기의 국가적 상황을 엿보게 한다. 1930년대에 우리나라는 세계 3대 금광 국가에 속했다. 조선총독부는 금광업자에게 보조금을 지급하고, 금을 고가에 매입

하는 정책을 폈다. 일본 제국주의의 확장에 필요한 군비를 확충하는 수단으로 금을 선택했던 것이다. 당시 지위 고하를 막론하고 수많은 사람들이 금광사업에 뛰어들어 투기사업이 되었다.

김유정은 '금광시대'의 단면을 꽁보와 더펄이라는 인물로 형상화하였다. 두 인물은 남의 금광에 몰래 숨어들어가서 금을 훔치는 도둑들이다. 독자들은 꽁보와 더펄이의 이야기를 통해 1930년대의 국가적·시대적 문제까지 간접 체험할 수 있다.

금을 둘러싼 인간의 욕망과 배신

「노다지」는 금을 둘러싼 인간의 욕망과 배신의 드라마다. 꽁보와 더펄은 남의 금광에 몰래 들어가서 금을 훔치는 도둑들인데 의형제를 맺어 사이가 돈독하다.

금을 둘러싼 인간의 욕망은 죽음의 위협도 뛰어넘게 한다. 과거에 여러 명이 금을 훔쳐 똑같이 나누려고 하다가 시비가 붙어 꽁보가 죽을 뻔했는데, 더펄이 위기를 모면하게 해주었고 이후 두 사람은 의형제가 되었다.

현재 두 사람이 금을 훔치러 들어갔다가 꽁보가 먼저 금을 발견하자 더펄이 그 금을 욕심낸다. 꽁보는 더펄에게 신변의 위협을 느끼던 찰나 금광이 무너지고 더펄이 깔린다. 하지만 꽁보는 구해달라는 더펄을 두고 혼자 금을 가지고 도망을 친다. 과거와 현재의 두 사건을 통해 우리는 금의 욕망으로 맺어진 인연이 얼마나 쉽게 해체될 수 있는지 알게 된다.

욕망과 배신의 감정은 매우 강하고 치밀하게 전달된다. 이는 긴박한 사건 전개와 위기감을 스릴 넘치게 묘사한 문장에서 비롯한다. 더펄이 금을 더 캐려는 순간 갱도가 무너지는 장면은 긴박한 사건 전개와 인간의 무서운 심리를 잘 보여준다. 소설의 도입부에서 두 인물이 금을 훔치기 위해 캄캄한 밤에 금광 근처에 잠입해가는 과정은 스릴러 영화의 한 장면을 보는 듯하다.

「만무방」(『조선일보』, 1935. 7. 17~30)은

농사를 지어도 남는 것이 없는

당시 소작농의 현실을 문제적 인물인

만무방 응칠의 눈을 통해

극명하고 적극적으로 보여주는 작품이다.

만무방

에이 고얀 놈, 할 제 볼을 적시는 것은 눈물이다.

등장인물

응칠 과거에는 평범한 농민으로 아내와 아이가 있었으나, 극도의 가난으로 가족이 해체되었다. 송이를 따서 팔거나 절도, 노름 등을 일삼아 살아간다. 동생에 대한 정이 강하다.

응오 응칠의 동생으로 진실하고 모범적인 소작농으로 병든 아내를 정성껏 간호한다. 일 년 농사를 지어도 빚을 정리하면 남는 것이 한 푼도 없다는 사실에 좌절하여 결국 자기 논에서 벼를 훔치는 일을 저지른다.

성팔 대장장이인데 일거리가 없어서 절도와 도박을 한다. 응칠에게 벼도둑으로 의심을 받는다.

만무방

응칠은 만무방이다

　산골에, 가을은 무르녹았다. 아람드리(아름드리. 둘레가 한 아름이 넘는 것) 노송은 빽빽이 늘어박였다. 무거운 송낙(소나무 겨우살이)을 머리에 쓰고 건들건들. 새새이 끼인 도토리, 벗, 돌배, 갈잎들은 울긋불긋. 잔디를 적시며 맑은 샘이 쫄쫄거린다. 산토끼 두 놈은 한가로이 마주 앉아 그물을 할짝거리고. 이따금 정신이 나는 듯 가랑잎은 부수수하고 떨린다. 산산한 산들바람. 귀여운 들국화는 그 품에 새뜩새뜩 넘논다. 흙내와 함께 향깃한 땅김(땅에서 올라오는 수증기)이 코를 찌른다. 요놈은 싸리버섯, 요놈은 입 썩은 내 또 요놈은 송이―아니, 아니 가시넝쿨 속에 숨은 박하풀 냄새로군.

　응칠이는 뒷짐을 딱 지고 어정어정 노닌다. 유유히 다리를 옮겨놓으며 이 나무 저 나무 사이로 호아든다(이리저리 돌아서 온다). 코는 공중에서 벌렸다 오므렸다, 연신 이러며 훅, 훅 굽웃한(구부정한) 한 송목 밑에 이르자 그는 발을 멈춘다. 이번에는 지면에 코를 얕이 갖다대이고 한 바퀴 비잉, 나무를 끼고 돌았다.

'아, 하, 요놈이로군!'

썩은 솔잎에 덮여 흙이 봉곳이 돋아올랐다.

그는 손가락을 꾸짖으며 정성스리 살살 헤쳐본다. 과연 귀여운 송이. 망할 녀석, 조금만 더 나오지. 그걸 뚝 따들곤, 뒷짐을 지고 다시 어실렁어실렁. 가끔 선하품(몸에 이상이 있거나 재미없는 일을 할 때 나오는 하품)을 터진다. 그럴 적마다 두 팔을 떡 벌리곤 먼 하늘을 바라보고 늘어지게도 기지개를 늘인다.

때는 한참 바쁠 추수 때이다. 농군 치고 송이파적(송이를 캐는 일) 나올 놈은 생겨나도 않았으리라. 허나 그는 꼭 해야 만 할 일이 없었다. 싶으면 하고 말면 말고 그저 그뿐. 그러함에는 먹을 것이 더럭(더러) 있느냐면 있기커녕 부쳐먹을 농토조차 없는 계집도 없고 집도 없고 자식 없고. 방은 있대야 남의 곁방이요 잠은 새우잠이요. 허지만 오늘 아침만 해도 한 친구가 찾아와서 벼를 털 텐데 일 좀 와 해달라는 걸 마다하였다. 몇 푼 바람에 그까짓 걸 누가 하느냐. 보다는 송이가 좋았다. 왜냐면 이 땅 삼천리강산에 늘려놓인 곡식이 말쩡 누구 거람. 먼저 먹는 놈이 임자 아니야. 먹다 걸릴 만치 그토록 양식을 쌓아두고 일이 다 무슨 난장맞을(난장을 맞을 만한. 몹시 못마땅할 때 욕으로 하는 말) 일이람. 걸리지 않도록 먹을 궁리나 할 게지. 하기는 그도 한 세 번이나 걸려서 구메밥(죄수에게 옥문의 구멍으로 주는 밥)으로 사관을 틀었다(징역살이로 고생했다). 마는 결국 제 밥상 위에 올라앉은 제 목도 자칫하면 먹다 걸리긴 매일반.

김유정

올라갈수록 덤불은 우거졌다. 머루며 다래, 칡, 게다 이름 모를 잡초. 이것들이 위아래로 이리저리 서리어 좀체 길을 내지 않는다. 그는 잔딧길로만 돌았다. 넓적다리가 벌죽이는 찢어진 고의자락을 아끼며 조심조심 사려 딛는다. 손에는 칡으로 엮어 들은 일곱 개 송이. 늙은 소나무마다 가선 두리번거린다. 사냥개 모양으로 코로 쿡, 쿡, 내를 한다(냄새를 맡는다). 이것도 송이 같고 저것도 송이. 어떤 게 알짜송인지 분간을 모른다. 토끼똥이 소보록한데 갈잎이 한 입 뚝 떨어졌다. 그 잎을 살며시 들어보니 송이 대구리(대가리)가 불쑥 올라왔다. 매우 큰 송인 듯. 그는 반색하여 그 앞에 무릎을 털썩 꿇었다. 그리고 그 위에 두 손을 내들며 열 손가락을 다 펴들었다. 가만가만히 살살 흙을 헤쳐본다. 주먹만 한 송이가 나타난다. 얘 이놈 크구나. 손바닥 우(위)에 따 올려놓고 한참 들여다보며 싱글벙글한다.

　오중중한(우중충한) 구석으로 바위는 벽같이 깎아질렀다. 그 중턱을 얽어나간 칡잎에서는 물이 쪼록쪼록, 흘러내린다. 인삼이 썩어 내리는 약수라 한다. 그는 돌 위에 걸터앉으며 또 한 번 하품을 하였다. 간밤 쓸데없는 노름에 밤을 팬 것이 몹시 나른하였다. 다사로운 햇발이 숲을 새여 든다. 다람쥐가 솔방울을 떨어 치며, 어여쁜 할미새는 앞에서 알씬거리고, 동리에서는 타작을 하노라고 와글거린다. 흥겨워 외치는 목성, 그걸 엎누르고 공중에 웅, 웅 진동하는 벼 터는 기계 소리. 맞은 쪽 산속에서 어린 목동들의 노래는 처량히 울려온다. 산속에 묻힌 마을의 전경을 멀리 바라보다가 그는 눈을 찌긋하며 다시 한 번 하품을 뽑는다.

　이 웬 놈의 하품일까. 생각해보니 어제 저녁부터 여지껏 창주(창자) 곱

림든(곯리던. 아무것도 먹지 못한) 것이다. 불현듯 송이 꾸러미에서 그중 크고 먹음직한 놈을 하나 뽑아들었다.

응칠이는 그 송이를 물에 써억써억 부벼서는 떡 벌어진 대구리부터 걸삼스리 덥석 물어 떼었다. 그리고 넓죽한 입이 움질움질 씹는다. 혀가 녹을 듯이 만질만질하고 향기로운 그 맛. 이렇게 훌륭한 놈을 입맛만 다시고 못 먹다니. 문득 추억이 혀끝에 뱅뱅 돈다. 이놈을 맛보는 것도 참 근자의 일이다. 감물생심(견물생심(見物生心). 어떤 실물을 보게 되면 갖고 싶은 마음이 생김)이지, 어디 냄새나 똑똑이 맡아보리.

산속으로 쏘다니다 백판(전혀) 못 따기도 하려니와 더러 딴다는 놈은 행여 상할까 봐 손도 못 대게 하고 집에 내려다 모으고 모으고 하는 것이다. 그러나 요행이 한 꾸림(꾸러미)이 차면 금시로 장에 가져다 판다. 이틀 사흘씩 공때린(공들인) 거로되 잘하면 사십 전 못 받으면 이십오 전. 저녁거리를 기다리는 안해(아내)를 생각하며 좁쌀 서너 되를 손에 사들고 어두운 고개치를 터덜터덜 올라오는 건 좋으나 이 신세를 뭐에 쓰나, 하고 보면 을프냥궂기(을씨년스럽기. 마음이나 신세가 초라하고 구슬프기)가 짝이 없겠고 – 이까짓 걸 못 먹어 그래 홧김에 또 한 놈을 뽑아들고 이번엔 물에 흙도 씻을 새 없이 그대로 텁석거린다. 그러나 다른 놈들도 별 수 없으렷다. 이 산골이 송이의 본 고향이로되 아마 일 년에 한 개조차 먹는 놈이 드물리라.

'흥, 썩어진 두상들!'

그는 폭넓은 얼굴을 이그리며 남이나 들으란 듯이 이렇게 비웃는다. 썩었다, 함은 데생겼다(못생겼다) 모멸하는(업신여기는) 그의 언투(말투)이었다. 먹다 남아지(남은) 송이 꽁댕이를 바로 자랑스러이 입에다 치트리곤(올리곤) 트림을 섞어가며 우물거린다.

송이가 두 개가 들어가니 인제는 더 먹을 재미가 없다. 뭔가 좀 든든한 걸 먹었으면 좋겠는데. 떡, 국수, 말고기, 개고기, 돼지고기, 그렇지 않으면 쇠고기냐. 아따 궁한 판이니 아무거나 있으면 속중(속마음)으로 여러 가질 먹으며 시름없이 앉았다. 그는 눈꼴이 슬그머니 돌아간다. 웬 놈의 닭인지 암탉 한 마리가 조 아래 무덤 앞에서 뺑뺑 맨다. 골골거리며 감도는 걸 보매 아마 알자리를 보는 맥이라. 그는 돌에서 궁뎅이를 들었다. 낮은 하늘로 외면하여 못 본 척하고 닭을 향하야 저켠으로 넓직이(널찍이) 돌아내린다. 그러나 무덤까지 왔을 때 몸을 돌리며

"후, 후, 후, 이 자식이 어델가 후!"

두 팔을 버리고 쫓아간다. 산꼭대기로 치모니 닭은 하둥지둥(허둥지둥) 갈 길을 모른다. 요리 매낀 조리 매낀, 꼬꼬댁 거리며 속만 태울 뿐. 그러나 바위틈에 끼어 왁살스러운(매우 우악스러운) 그 주먹에 모가지가 둘로 나기에는 불과 몇 분 못 걸렸다.

그는 으슥한 숲 속으로 찾아들었다. 닭의 껍질을 홀랑 까고서 두 다리를 들고 찢으니 배창(배창자)이 옆구리로 꾀진다(터져 나온다). 그놈을 긁어 뽑아서 껍질과 한데 뭉치어 흙에 묻어버린다. 고기가 생기고 보니 연하야 나느니 막걸리 생각. 이걸 부글부글 끓여놓고 한 사발 떡 켰으면 똑 좋을 텐데 제ㅡ기. 응칠이의 고기는 어디 떨어졌는지 술집까지 못 가는 고기였다. 아무려나 고기 먹구 술 먹구 거꾸룬 못 먹느냐. 그는 닭의 가슴패기를 입에 뒤려대고(들이대고) 쭉쭉 찢어가며 먹기 시작한다. 쭐깃쭐

깃한 놈이 제법 맛이 들었다. 가슴을 먹고 넓적다리 볼기짝을 먹고 거반 반쪽을 다 해내고 나니 어쩐지 맛이 좀 적었다. 결국 음식이란 양념을 해야 하는군. 수풀 속으로 그냥 내던지고 그는 설렁설렁 내려온다. 솔숲을 빠져 화전께로 내리려 할 제 별안간 등 뒤에서

"여보게, 거 응칠이 아닌가!"

고개를 돌려보니 대장간 하는 성팔이가 작달막한 체수(몸집)에 들갑작거리며(방정맞고 가량스럽게 몸을 위아래로 자꾸 흔들어 대며) 고개를 넘어온다. 그런데 무슨 긴한 일이나 있는지 부리나케 달겨들더니

"자네 응고개 논의 벼 없어진 거 아나?"

응칠이는 고만 가슴이 덜컥 내려앉았다. 이 바쁜 때 농군의 몸으로 응고개까지 애를 써갈 놈도 없으려니와 또한 하필 절 보고 벼의 없어짐을 말하는 것이 여간 심상치 않은 일이었다.

잡담 제하고 응칠이는

"자넨 어째서 응고개까지 갔든가?"

하고 대담스레도 그 눈을 쏘아보았다. 그러나 성팔이는 조금도 겁먹는 기색 없이

"아, 어쩌다 지냈지 뭘 그래."

하며 도리어 얼레발(남의 환심을 사기 위하여 어벌쩡하게 서두르는 짓)을 치고 덤비는 수작이다. 고얀 놈, 응칠이는 입때 다녀야 동무를 팔아 배를 채우는 그런 비열한 짓은 안 한다. 낯을 붉히자 눈에 물이 보이며

"어쩌다 지냈다?"

응칠이가 이 동리에 들어온 것은 어느덧 달이 넘었다. 인제는 물릴 때

도 되었고 좀 떠보고자 생각은 간절하나 아우의 일로 말미암아 망설거리는 중이었다.

그는 오라는 데도 없어도 갈 데는 많았다. 산으로 들로 해변으로 발뿌리 놓이는 곳이 즉 가는 곳이었다.

그러나 저물면은 그대로 쓰러진다. 남의 방앗간이고 헛간이고 혹은 강가, 시새장(모래밭). 물론 수가 좋으면 괴때기(짚북더미) 위에서 밤을 편히 잘 적도 있었다. 이렇게 하여 강원도 어수룩한 산골로 이리 넘고 저리 넘고 못 간 데 별로 없이 유람 겸 편답(遍踏, 이곳저곳 두루 돌아다님)하였다.

응칠은 극도의 가난으로 가족이 해체되었다

그는 한구석에 머물러 있음은 가슴이 답답할 만치 되우 괴로웠다.

그렇다고 응칠이가 번시라(본래부터) 역마직성(驛馬直星, 늘 분주하게 이리저리 떠돌아다니는 사람)이냐 하면 그런 것도 아니다. 그도 오 년 전에는 사랑하는 안해가 있었고 아들이 있었고 집도 있었고 그때야 어딜 하루라고 집을 떨어져보았으랴 밤마다 안해와 마주 앉으면 어찌하면 이 살림이 좀 늘어볼까 불어볼까, 애간장을 태이며(태우며) 같은 궁리를 되하고 되하였다. 마는 별 뾰죽한 수는 없었다. 농사는 열심으로 하는 것 같은데 알고 보면 남는 건 겨우 남의 빚뿐. 이러다가는 결말엔 봉변을 면치 못할 것이다. 하루는 밤이 깊어서 코를 골며 자는 안해를 깨웠다. 밖에 나아가 우리의 세간이 몇 개나 되는지 세어보라 하였다. 그리고 저는 벼루에 먹을 갈아 붓에 찍어들었다. 벽을 바른 신문지는 누렇게 꺼릿다(절었다). 그 위에다 안해가 불러주는 물목대로 일일이 내려 적었다. 독이 세 개, 호미가 둘, 낫이 하나로부터 밥사발, 젓가락 집이 석 단까지 그 담에는 제가 빚을 얻어온 데. 그 사람들의 이름을 쪽 적어놓았다. 금액은 제각기 그 아래다 달아놓고. 그 옆으론 조금 사이를 떼어 역시 조선문(한글)으로 나의 소유는 이것밖에 없노라, 나는 오십사 원을 값을 길이 없으매 죄진 몸이라 도망하니 그대들은 아예 싸울 게 아니겠고 서로 의논하여 억울치 않도록 분배하여 가기 바라노라 하는 의미의 성명서를 벽에 남기자 안으로 문들을 걸어 닫고 울타리 밑구멍으로 세 식구 빠져나왔다.

  이것이 응칠이가 팔자를 고치던 첫날이었다.

  그들 부부는 돌아다니며 밥을 빌었다. 안해가 빌어다 남편에게, 남편이 빌어다 안해에게. 그러자 어느 날 밤 안해의 얼골이 썩 슬픈 빛이었다. 눈보라는 살을 에인다. 다 쓰러져가는 물방앗간 한구석에서 섬(짚으로 성글게 엮은 가마니)을 두르고 언내(어린애)에게 젖을 먹이며 떨고 있더니 여보게유, 하고 고개를 돌린다. 왜, 하니까 그 말이 이러다간 우리도 고생일 뿐더러 첫째 언내를 잡겠수, 그러니 서루 갈립시다 하는 것이다. 하긴 그럴 법한 말이다. 쥐뿔도 없는 것들이 붙어 다닌댔자 별 수는 없다. 그보담은 서로 갈리어 제 맘대로 빌어먹는 것이 오히려 가뜬하리라. 그는 선뜻 응낙하였다. 안해의 말대로 개가를 해 가서 젖먹이나 잘 키우고 몸 성히 있으면 혹 연분이 닿아 다시 만날지도 모르니깐 마지막으로 안해와 같이 땅바닥에 나란히 누워 하룻밤을 떨고 나서 날이 훤해지자 그는 툭툭 털고 일어섰다.

  매팔자(놀고먹는 팔자)란 응칠이의 팔자이겠다.

그는 버젓이 게트림으로 길을 걸어야 걸릴 것은 하나도 없다. 논맬 걱정도, 호포(戶布, 봄, 가을에 집집마다 무명이나 모시 따위로 내는 세금) 바칠 걱정도, 빚 갚을 걱정, 안해 걱정, 또는 굶을 걱정도. 호동가란히(홀가분하게. 일이 전부 끝나 남은 것 없이 가든하니) 털고 났으니 팔자 중에는 아주 상팔자다. 먹구만 싶으면 도야지구, 닭이구, 개구, 언제나 열흘 떠날 새 없겠지 그리고 돈, 돈두…….

그러나 주재소(파출소)는 그를 노려보았다. 툭하면 오라, 가라, 하는데 학질이었다. 어느 동리고 가 있다가 불행히 일만 나면 누구보다도 그부터 붙들려간다. 왜냐면 그는 전과사범이었다. 처음에는 도박으로 다음엔 절도로 또 고담에도 절도로, 절도로. 그러나 이번 멀리 아우를 방문함은 생활이 궁하여 근대러(귀찮게 굴러) 왔다거나 혹은 일을 해보러 온 것은 결코 아니었다. 혈족이라곤 단 하나의 동생이요 또한 오래 못 본지라 때없이 그리웠다. 그래 모처럼 찾아온 것이 뜻밖에 덜컥 일을 만났다.

지금까지 논의 벼가 서 있다면 그것은 성한 사람의 짓이라 안 할 것이다.

응오가 벼를 도적맞다

응오는 응고개 논의 벼를 여태 베지 않았다. 물론 응오가 베어야 할 것이나 누가 듣든지 그 형 응칠이를 먼저 의심하리라. 그럼 여기에 따르는 모든 책임을 응칠이가 혼자 지지 않으면 안 될 것이다.

응오는 진실한 농군이었다. 나이 서른하나로 무던히 철났다 하고 동리에서 쳐주는 모범청년이었다. 그런데 벼를 베지 않는다. 남은 다들 걷어

들였고 털기까지 하련만 그는 벨 생각조차 않는 것이다.

지주라든 혹은 그에게 장리를 놓은 김참판이든 뻔찔(자주) 찾아와 벼를 베라 독촉하였다.

"얼른 털어서 낼 건 내야지."

하면 그 대답은

"계집이 죽게 됐는데 벼는 다 뭐지유······."

하고 한결같이 내뱉는 소리뿐이었다.

하기는 응오의 안해가 지금 기지사정(기지사경(幾至死境). 거의 죽을 지경)이매 틈은 없었다 하더라도 돈이 놀아서 약을 못 쓰는 이판이니 진시(진작) 벼라도 털어야 할 것이다.

그러면 왜 안 털었던가······.

그것은 작년 응오와 같이 지주 문전에서 타작을 하던 친구라면 묻지는 않으리라. 한 해 동안 애를 졸이며 훗자식(홑자식. 하나뿐인 자식) 모양으로 알뜰히 가꾸던 그 벼를 걷어들임은 기쁨에 틀림없었다. 꼭두새벽부터 엣, 엣, 하며 괴로움을 모른다. 그러나 캄캄하도록 털고 나서 지주에게 도지(논밭을 빌려 쓰고 내는 돈)를 제하고(빼고), 장리쌀(한 해에 꾸어다 먹은 쌀의 절반이나 되는 이자로 내는 쌀)을 제하고 색조(조세로 내거나 꾸어다 먹고 이자로 덧붙여 내는 곡식)를 제하고 보니 남는 것은 등줄기를 흐르는 식은땀이 있을 따름. 그것은 슬프다 하니 보다 끝없이 부끄러웠다. 같이 털어주던 동무들이 뻔히 보고 섰는데 빈 지게로 덜렁거리며 집으로 돌아오는 건 진정 열적기 짝이 없는 노릇이었다. 참다 참다 응오는 눈에 눈물이 흘렀던 것이다.

가뜩한데(그러지 않아도) 엎치고 덮치더라고 올해는 고나마 흉작이었다. 샛바람과 비에 벼는 깨깨 배틀렸다(몹시 여위어 마른 모양이 되었다). 이놈을 가을하다간(가을걷이를 하다간) 먹을 게 남지 않음은 물론이요 빚도 다 못 가릴 모양. 에라 빌어먹을 거. 너들끼리 캐다 먹던 말던 멋대로 하여라, 하고 내던져두지 않을 수 없다. 벼를 걷었다고 말만 나면 빚쟁이들은 우- 몰려들 거니깐……

응칠이의 죄목은 여기에서도 또렷이 드러난다. 구구루(국으로. 제 생긴 대로. 자기 주제에 맞게) 가만만 있었으면 좋은 걸 이 사품(어떤 동작이나 일이 진행되는 바람이나 겨를)에 뛰어들어 지주의 뺨을 제법 갈긴 것이 응칠이었다.

처음에야 그럴 작정이 아니었다. 그는 여러 곳 물을 마신 만치 어지간히 속이 트인 건달이었다. 지주를 만나 까놓고 썩 좋은 소리로 의논하였다. 울 농사는 반실(절반 가량이 축남)이니 도지도 좀 감해주는 게 어떠냐고. 그러나 지주는 암말 없이 고개를 모로 흔들었다. 정 이러면 하여튼 일 년 품은 빼야 할 테니 나는 그 논에다 불을 질르겠수, 하여도 잠자코 응치 않는다. 지주로 보면 자기로도 그 벼는 넉넉히 걷어들일 수는 있다. 마는 한 번 버릇을 잘못해놓으면 어느 작인까지 행실을 버릴까 염려하여 겉으로 독촉만 하고 있는 터이었다. 실상이야 고까짓 벼쯤 있어도 고만 없어도 고만-그 심보를 눈치 채고 응칠이는 화를 벌컥 낸 것만은 좋으나, 저도 모르고 대뜸 주먹뺨이 들어갔던 것이다.

이렇게 문제 중에 있는 벼인데 귀신의 놀음 같은 변괴가 생겼다. 다시 말하면 벼가 없어졌다. 그것도 병들어 쓰러진 쭉쟁이는 제쳐놓고 무얼로 그랬는지 말짱(전부) 이삭만 따갔다. 그 면적으로 어림하면 아마 못 돼도 한 댓 말 가량은 될는지…….

응칠이가 아침 일찍이 그 논께로 노닐자 이걸 발견하고 기가 막혔다. 누굴 성가시게 굴려구 그러는지. 산속에 파묻힌 논이라 아직은 본 사람이 없는 모양 같다. 허나 동리에 이 소문이 퍼지기만 하면 저는 어느 모르던 혐의를 받아 폐는 족히 입어야 될 것이다.

응칠이 성팔을 의심하다

응칠이는 송이도 송이려니와 실상은 궁리에 바빴다. 속중으로 지목 갈 만한 놈을 여럿 들어보았으나 이렇다 찍을 만한 증거가 없다. 어쩌면 재성이나 성팔이 이 둘 중의 짓이리라, 하고 결국 이렇게 생각던 것도 응칠이가 아니면 안 될 것이다.

원수는 외나무다리에서 만났다.

응칠이는 저의 짐작이 들어맞음을 알고 당장에 일을 낼 듯이 성팔이의 눈을 드리(들입다) 노렸다.

성팔이는 신이 나서 떠돌다가 그 눈총에 어이가 질리어 고만 벙벙하였다. 그리고 얼골이 해쓱하여 마주 대고 쳐다보더니

"그래 자네 왜 그케 노하나. 지내다보니깐 그렇길래 일테면 자네보구 얘기지 뭐……."

하고 뒷갈망을 못하여 우물주물 한다.

"노하긴 누가 노해……."

응칠이는 뼈팅겼든(버텼던) 몸에 좀 더 힘을 올리며

"놀러갔다 오는 길인데 우연히……."

"놀러갔다, 거기가 노는 덴가?"

"글쎄, 그렇게까지 물을 게 뭔가, 난 응고개 아니라 서울은 못 갈 사람인가."

하다가 성팔이는 속이 타는지 코로 흐응, 하고 날숨을 길게 뽑는다.

　이렇게 나오는 데는 더 물을 필요가 없었다. 성팔이란 놈도 여간내기가 아니요 구장네 솥인가 뭔가 떼다 먹고 한 번 다녀온 놈이었다. 많이 사귀지는 못했으나 동리 평판이 그놈과 같이 다니다가는 엉뚱한 일 만난다 한다. 이번에 응칠이 저녁 그 섭수(꾀)에 걸렸음을 알고

　"그야 응고개라구 못 갈 리 없을 테……."

하고 한 번 엇먹다(사리에 맞지 않는 말과 행동으로 비꼬다). 그러나

　"자네두 아다시피 거 어디야, 거기 바루 길이 있다는지 사람 사는 동리라면 혹 모른다 하지마는 성한 사람이야 응고개엘 뭘 먹으러 가나, 그렇지 자네야 심심하니까?"

하고 앞을 꽉 눌러 등을 떠본다.

　여기에는 대답 없고 성팔이는 덤덤히 쳐다만 본다. 무엇을 생각했는가 한참 있더니 호주머니에서 단풍갑(일제 때에 나왔던 담배 상표)을 꺼낸다. 우선 제가 한 개를 물고 또 하나를 뽑아 내대며

　"권연 하나 피게."

　매우 든직한 낯을 해 보인다.

　이놈이 이에 밝기가 몹시 밝은 성팔이다. 턱없이 권연 하나라도 선심을 쓸 궐자(인간)가 아니리라, 생각은 하였으나 그렇다고 예까지 부르대

는(남을 나무라거나 하는 듯이 거친 말로 야단스럽게 떠드는) 건 도리어 저의 처지가 불리하다. 그것은 짜장 그 손에 넘는 짓이니

"아, 웬 권연은 이래……."

하고 슬적(슬쩍) 눙치며

"성냥 있겠나?"

일부러 불까지 거대게(그어대게) 하였다.

응칠이에게 액을 떠넘기어 이용하려는 고 야심을 생각하면 곧 달겨들어(달려들어) 다리를 꺾어놔야 옳을 것이다. 그러나 이 마당에 떠들어 대고 보면 저는 드러누워 침 뱉기. 결국 도적은 뒤로 잡지 앞에서 어르는 법이 아니다. 동리에 소문이 퍼질 것만 두려워하며

"여보게 자네가 했건 내가 했건 간."

하고 과연 정다이 그 등을 툭 치고 나서

"우리 둘만 알고 동리에 말은 내지 말게."

하다가 성팔이가 이 말에 되우 놀라며 눈을 말똥말똥 뜨니

"그까짓 벼쯤 먹으면 어떤가……."

하고 껄껄 웃어버린다.

성팔이는 한굽(한풀) 접히어(꺾이어) 말문이 메었는지 얼뚤하여(뜻밖의 일을 당하거나 일이 너무 복잡하여 정신을 차리지 못하여) 입맛만 다신다.

"아예 말은 내지 말게, 응 알지……."

하고 다시 다질 때에야 겨우 주저주저 입을 열어

"내야 무슨 말을 내겠나."

하고 조금 사이를 떼어 또

"내야 무슨 말을……. 그건 염려 말게."

하더니 비실비실 몸을 돌리어 저 갈 길을 내걷는다. 그러나 저 앞 고개까지 가는 동안에 두 번이나 돌아다보며 이쪽을 살피고 살피고 한 것만은 사실이었다.

응칠이는 그 꼴을 이윽히 바라보고 입안으로 '죽일 놈' 하였다. 아무리 도적이라도 같은 동료에게 제 죄를 넘겨 씌우려 함은 도저히 의리가 아니다.

그건 그렇다 치고 응오가 더 딱하지 않은가. 기껏 힘들여 지어놓았다 남 좋은 일 한 것을 안다면 눈이 뒤집힐 일이겠다.

이래서야 어디 이웃을 믿어보겠는가…….

확적히(확실히) 증거만 있어 이놈을 잡으면 대번에 요절을 내리라 결심하고 응칠이는 침을 탁 뱉어 던지고 산을 내려온다.

그런데 그놈의 행태로 가늠해보면 응칠이 저만치는 때가 못 벗은 도적이다. 어느 미친놈이 논뚜랑(논두렁)에까지 가새(가위)를 들고 오는가. 격식도 모르는 푸뚱이(풋내기)가. 그러려면 바로 조낟가리나 수수낟가리 말이지. 그 속에 들어앉아 가새로 속닥거려야 들킬 리도 없고 일도 편하고. 두 포대고 세 포대고 마음껏 딸 수도 있다. 그러나 틈 보고 집으로 나르면 고만이지만 누가 논의 벼를 다 그렇게도 벼에 걸신이 들렸다면 바로 남의 집 머슴으로 들어가 한 달포 동안 주인 앞에 얼렁거리는(알랑거리는) 것이어니와 신용을 얻어놨다가 주는 옷이나 얻어 입고 다들 잠들거든 벼 섬이나 두둑이 짊어 메고 털렁거리면 그뿐이다. 이건 맥도 모르는 게 남도 못 살게 굴려구. 에이 망할 자식두. 그는 분노에 살이 다 부들부들 떨리는 듯 싶었다. 그러나 이런 좀도적이란 뽕이 나기(들통이 나기) 전에는 바짝 물고 덤비는 법이었다. 오늘밤에는 요놈을 지켰다 꼭 붙들어 가지고 정갱이를 분질러 놓으리라, 밥을 먹고는 태연히 막걸리 한 사발을 껄떡껄떡 들이키자

"커! 가을이 되니깐 맛이 행결(한결) 낫군!"

그는 주먹으로 입가를 쓱쓱 훔친 다음 송이 꾸림에서 세 개를 뽑는다. 그리고 그걸 갈퀴같이 마른 주막 할머니 손에 내어주며

"엣수, 송이나 잡숫게유!"

하고 술값을 치렀으나

"아이 송이두 고놈 참."

간사를 피는 것이 겉으로는 반기는 척하면서도 좀 시쁜(마음에 차지 않아 시들한) 모양이다. 제 딴은 한 개에 삼 전씩 치더라도 구 전밖에 안 되니깐……

응칠이는 슬머시 화가 나서 그 얼굴을 유심히 들여다보았다. 옴폭 들어간 볼때기에 저건 또 왜 저리 멋없이 불거졌는지 툭 나온 광대뼈하구 치마 아래로 남실거리는 발가락은 자칫 잘못 보면 황새 발목이니 이건 언제 잡아갈라구 남겨두는 거야—보면 볼수록 하나 이쁜 데가 없다. 한두 번 먹은 것두 아니요 언젠간 울타리께 풀을 베어주고 술사발이나 얻어먹은 적도 있었다. 그렇게 야멸치게(야무지게) 따질 건 뭔가. 그는 눈살을 흘낏 맞추고는 하나를 더 꺼내어

"엣수 또 하나 잡숫게유!"

내던져 주곤 댓돌에 가래침을 탁 뱉었다.

그제야 식성이 좀 풀리는지 그 가축으로(그제야 만족한 듯 꾸며서) 웃으며
"아이그, 이거 자꾸 줌 어떡해……."
"어떡허긴, 자꾸 살찌게유……."
하고 한 마디 툭 쏘고 일어서다가 무엇을 생각함인지 다시 툇마루에 주저앉았다.
"그런데 참 요즘 성팔이 보셨수?"
"아―니, 당최 볼 수가 없더구먼."
"술두 안 먹으러 와유?"
"안 와."
하고는 입 속으로 뭐라구 종잘거리며(종알거리며) 의아한 낯을 들더니
"왜, 또 뭐 일이……?"
"아니유, 본 지가 하 오래니깐!"
응칠이는 말끝을 얼버무리고 고개를 돌리어 한데(바깥)를 바라본다. 벌써 점심때가 되었는지 닭들이 요란히 울어댄다. 논둑의 미루나무는 부하고 또 부, 하고 잎이 날리며 팔랑팔랑 하늘로 올라간다.
"성팔이가 이 말에서 얼마나 살았지유?"
"글쎄, 재작년 가을이지 아마."
하고 장죽을 빡빡 빨더니
"근데 또 떠난대던걸, 홍천인가 어디 즈(저의) 성님안터(형님한테)로 간대."
하고 그게 옳지 여기서 뭘 하느냐. 대장간이라구 일이나 많으면 모르거니와 밤낮 파리만 날리는걸. 그보다는 저의 형이 크게 농사를 짓는다니

그 뒤나 자들어(거들어)주고 구구루 얻어먹는 게 신상에 편하겠지. 그래 불일간(며칠 안에) 처자식을 데리고 아마 떠나리라고 하고

"농군은 그저 농사를 지야 돼."

"낼 죽 먹으러 또 오지유……."

간단히 인사만 하고 응칠이는 다시 일어났다.

주막을 나서니 옷깃을 스치는 개운한 바람이다. 밭 둔덕의 대추는 척척 늘어진다. 머지않아 겨울은 또 오렷다. 그는 응오의 집을 바라보며 그간 죽었는지 궁금하였다.

응오는 병에 걸린 아내를 정성껏 간호하다

응오는 봉당에 걸터앉았다. 그 앞 화로에는 약이 바글바글 끓는다. 그는 정신없이 들여다보고 앉았다.

우중중한 방에서는 안해의 가쁜 숨소리가 들린다. 색, 색 하다가 아이구, 하고는 까무러지게 콜록거린다. 가래가 치밀어 몹시 괴로운 모양- 뽑아줄 사이가 없이 풀들은 뜰에 엉겼다. 흙이 드러난 지붕에서 망초가 휘어청휘어청. 바람은 가끔 찾아와 싸리문을 흔든다. 그럴 적마다 문은 을씨년스럽게 삐-꺽 삐-꺽. 이웃의 발발이는 벽에서 한참 바쁘게 달그락거린다. 마는 아침에 안해에게 먹이고 남은 조죽밖에야. 아니 그것도 참 남편마저 굶었으니 사발에 붙은 찌꺽지(찌꺼기)뿐이리리…….

"거, 다 졸았나부다."

응칠이는 약이란 너무 졸면 못 쓰니 고만 짜 먹이라, 하였다. 약이라야

어젯저녁 울 뒤에서 옮아 들인 구렁이지만…….

그러나 응오는 듣고도 흘렸는지 혹은 못 들었는지 잠자코 고개도 안 든다.

"옛다, 송이 맛이나 봐라."

하고 형이 손을 내밀 제야 겨우 시선을 들었으나 술이 거나한 그 얼굴을 거북상스레 훑어본다. 그리고 송이를 고맙지 않게 받아 방으로 치뜨리고는

"이거나 먹어."

하다가

"뭐?"

소리를 크게 질렀다. 그래도 잘 들리지 않으므로

"뭐야 뭐야, 좀 똑똑히 하라니깐?"

하고 골피를 찌푸린다.

그러나 안해는 손짓만으로 무슨 소린지 알 수가 없다. 음성으로 치느니보다 조히(종이) 부비는(비비는) 소리랄지, 그걸 듣기에는 지척도 멀었다.

가만히 보다 응칠이는 제가 다 불안하여

"뒤보겠다는 게 아니냐……."

"그럼 그렇다 말이 있어야지."

남편은 이내 짜증을 내이며 몸을 일으킨다. 병약한 안해의 음성이 날로 변하여 감을 시방 안 것도 아니련만……. 그는 방바닥에 늘어져 꼬치꼬치 마른 반송장을 조심히 일으키어 등에 업었다.

울 밖 밭머리에 잿간은 놓였다. 머리가 눌릴 만치 납작한 갑갑한 굴 속

이다. 게다 거미줄은 예제없이(여기저기 없이) 엉키었다. 부추돌(뒷간 바닥에 부출(널빤지) 대신 좌우에 놓아서 발로 디디게 한 돌) 위에 내려놓으니 안해는 벽을 의지하여 웅크리고 앉는다. 그리고 남편은 눈을 멀뚱멀뚱 뜨고 지키고 섰는 것이다.

이 꼴들을 멀거니 바라보다 응칠이는 마뜩지 않게 코를 횡, 풀며 입맛을 다시었다. 응오의 짓이 어리석고 울화가 터져서이다. 요즘 응오가 형에게 잘 말두 않고 왜 어뜩비뜩(행동이 바르거나 단정치 못한 모양) 하는지 그 속은 응칠이도 모르는 배 아닐 것이다.

응오가 이 안해를 찾아올 때 꼭 삼 년 간을 머슴을 살았다. 그처럼 먹고 싶던 술 한 잔 못 먹었고 그처럼 침을 삼키던 그 개고기 한 메(매끼. 덩이) 물론 못 샀다. 그리고 사경을 받는 대로 꼭꼭 장리를 놓았으니 후일 선채(先債, 먼저 쓴 빚)로 썼던 것이다. 이렇게까지 근사(일에 공을 들임)를 모아 얻은 계집이련만 단 두 해가 못 가서 이 꼴이 되고 말았다.

그러나 이 병이 무슨 병인지 도시 모른다. 의원에게 한 번이라도 변변히 보여본 적이 없다. 혹 안다는 사람의 말인즉 뇌점(폐결핵)이니 어렵다 하였다. 돈만 있다면이야 뇌점이고 염병(장티푸스)이고 알 바가 못 될 거로되 사날 전 거리로 쫓아 나오며

"성님."

하고 팔을 챌 적에는 응오도 어지간히 급한 모양이었다.

"왜?"

응칠이가 몸을 돌리니 허둥지둥 그 말이 인제는 별 도리가 없다. 있다면 꼭 한 가지가 남았으나 그것은 엊그저께 산신을 부리는 노인이 이 마

을에 오지 않았는가. 그 도인이 응오를 특히 동정하여 십오 원만 들이어 산치성(산신령에게 정성을 드리는 일)을 올리면 씻은 듯이 낫게 해주리라는데

"성님은 언제나 돈 만들 수 있지유?"

"거 안 된다, 치성 드려 날 병이 그냥 안 낫겠니."

하여 여전히 딱 떼이고 그렇게 내 뭐라던, 애전에 계집 다 내버리고 날 따라나서랬지, 하고

"그래 농군의 살림이란 제 목 매기라지!"

그러나 아우가 암말 없이 몸을 홱 돌리어 집으로 들어갈 제 응칠이는 속으로 또 괜한 소리를 했구나, 하였다.

응오는 도로 안해를 업어다 방에 뉘였다. 약은 다 졸았다. 물이 식기 전 짜야 할 것이다. 식기를 기다려 약 사발을 입에 대어주니 안해는 군말 없이 그 구렁이 물을 껄떡껄떡 들이마신다.

응칠이는 마당에 우두커니 앉았다. 사람의 목숨이란 과연 중하군, 하였다. 그러나 계집이라는 저 물건이 그렇게 떼기 어렵도록 중할까, 하니 암만해도 알 수 없고

"너 참 요 건너 성팔이 알지?"

"……"

"너허구 친하냐?"

"……"

"성이 뭐래는데 거 대답 좀 하렴."

하고 소리를 빽 질러도 아우는 대답은 말고 고개도 안 든다.

그러나 응칠이는 하늘을 쳐다보고 트림만 끄윽, 하고 말았다. 술기가

코를 쾅쾅 찔러야 할 터인데 이건 풋김치 냄새만 코밑에서 뱅뱅 돈다. 공짜 김치만 퍼먹을 게 아니라 한 잔 더 했다면 좋았을 걸. 그는 일어서서 대(담뱃대)를 허리에 꽂고 궁뎅이의 흙을 털었다. 벼도적 맞은 이야기를 할까, 하다가 아서라 가뜩이나 울상이 속이 쓰릴 것이다. 그보다는 이놈을 잡아놓고 낭종(나중) 히짜를 뽑는 것이 점잖겠지…….

그는 문 밖으로 나와버렸다.

답답한 아우의 살림을 보니 역 답답하던 제 살림이 연상되고 가슴이 두목(몹시) 답답하였다.

이런 때에는 무가 십상(제격)이다. 사실 하느님이 무를 마련해낸 것은 참으로 은혜로운 일이다. 맥맥할 때 한 개를 씹고 보면 꿀꺽 하고 쿡 치는 그 멋이 좋고 남의 무밭에 들어가 하나를 쑥 뽑으니 가랑무(밑둥이가 두셋으로 갈라진 무). 이-키, 이거 오늘 운수 대통이로군. 내던지고 그 담 놈을 뽑아들고 개울로 내려온다. 물에 쓱쓱 닦아서는 꽁지는 이로 베어 던지고 어썩 깨물어 붙인다.

개울 둔덕에 포푸리(포플러)는 호젓하게도 매출이(곧게) 컸다. 재갈돌(자갈돌)은 고 밑에 옹기종기 모였다. 가생이(가장자리)로 잔디가 소보록하다. 응칠이는 나가자빠져 마을을 건너다보며 눈을 멀뚱멀뚱 굴리고 누웠다. 산에 뺑뺑 둘리어 숨이 콕 막힐 듯한 그 마을…….

    아리랑 아리랑 아리라요
    아리랑 띄여라 노다 가세
    증기차는 가자고 왼 고동 트는데
    정든님 품 안고 낙누낙누

아리랑 아리랑 아라리요
아리랑 띄여라 노다 가세
낼 갈지 모레 갈지 내 모르는데
옥씨기 강낭이는 심어 뭐하리
아리랑 아리랑 아라리요
아리랑 띄여라······.

　그는 콧노래를 이렇게 흥얼거리다 갑작스레 강릉이 그리웠다. 펄펄 뛰는 생선이 좋고 아침 햇발에 비끼어 힘차게 출렁거리는 그 물결이 좋고. 이까짓 둠(두메) 구석에서 쪼들리는 데 대다니. 그래도 저의 딴에는 무어 농사 좀 지었답시고 악을 복복 쓰며 잘도 떠들어 대인다. 허지만 그런 중에도 어디인가 형언치 못할 씁쓸함이 떠돌지 아는 것도 아니다. 삼십여 년 전 술을 빚어놓고 쇠를 올리고 흥에 질리어 어깨춤을 덩실거리고 이러던 가을과는 저 딴쪽이다. 가을이 오면 기쁨에 넘쳐야 될 시골이 점점 살기만 띄어옴은 웬일일고. 이렇게 보면 재작년 가을 어느 밤 산중에서 낫으로 사람을 찍어 죽인 강도가 문득 머리에 떠오른다. 장을 보고 오는 농군을 농군이 죽였다. 그것도 많이나 되었으면 모르되 빼앗은 것이 한끗(한껏) 동전 네 닢에 수수 일곱 되. 게다가 흔적이 탄로날까 하여 낫으로 그 얼골의 껍질을 벗기고 조짓대강이 이기듯 끔찍하게 남기고 조긴(조진. 호되게 때린) 망나니다. 흉악한 자식. 그 잘량한 돈 사전에 나 같으면 가여워 덧돈을 주고라도 왔으리라. 이번 놈은 그따위 각다귀(남의 것을 등쳐먹고 사는 사람)나 아닐는지 할 때 참 김과 아울러 치미는 소름에 머리끝이 다 쭈뼛하였다. 그간 아우의 농사를 대신 돌봐주기에 이럭저

럭 날이 늦었다. 오늘밤에는 이놈을 다리를 꺾어놓고.

응칠이 도둑을 잡으러 나서다

밤이 내리니 만물은 고요히 잠이 든다. 검푸른 하늘에 산봉우리는 울퉁불퉁 물결을 치고 흐릿한 눈으로 별은 떴다. 그러다 구름 떼가 몰려 닥치면 캄캄한 절벽이 된다. 또한 마을 한복판에는 거치른 바람이 오락가락 쓸쓸히 궁글고(소리가 깊고) 이따금 코를 찌름은 후련한 산사 내음새. 북쪽 산 밑 미루나무에 싸여 주막이 있는데 유달리 불이 반짝인다. 노세, 노세, 젊어서 놀아, 노랫소리는 나즉나즉(나직나직) 한산히 흘러온다. 아마 벼를 뒷심 대고 외상이리라.

응칠이는 잠자코 벌떡 일어나 바깥으로 나섰다. 그리고 다 나와서야 그 집 친구에게 눈치를 안 채이도록

"내 잠깐 다녀옴세."

"어, 가나?"

친구는 웬 영문을 몰라서 뻔히 치어다보다 밤이 이렇게 늦었으니 나갈 생각 말고 어여 이리 들어와 자라 하였다. 기껏 둘이 앉아서 개코쥐코(쓸데없는 말로 이러쿵저러쿵 떠들어대는 모양) 떠들다가 급작이(갑자기) 일어서니깐 꽤 이상한 모양이었다.

"건너말 가 담배 한 봉 사오라구."

"담배 여기 있는데 또 사 뭐하나?"

친구는 호주머니에서 굳이 희연 봉을 꺼내어 손에 들어 보이더니

"이리 들어와 섬이나 좀 쳐주게."

"아 참 깜빡······."

하고 응칠이는 미안스러운 낯으로 뒤통수를 긁죽긁죽한다. 하기는 섬을 좀 쳐달라고 며칠째 당부하는 걸 노름에 몸이 팔리어 고만 잊고 잊고 했던 것이다. 먹자고 이렇게 신세를 지면서 이건 썩 안됐다, 생각은 했지마는

"내 곧 다녀올걸 뭐······."

어정쩡하게 한 마디 남기곤 그 집을 뒤에 남긴다. 그러나 이 친구는

"그럼 곧 다녀오게······."

하고 때를 재치는(재촉하는) 법은 없었다. 언제나 여일같이

"그럼 잘 다녀오게······."

이렇게 그 신상만 편하기를 비는 것이다.

응칠이는 모든 사람이 저에게 그 어떤 경의를 갖고 대하는 것을 가끔 느끼고 어깨가 으쓱거린다. 백판 모르던 사람도 데리고 앉아서 몇 번 말만 좀 하면 대번 구부러진다. 그렇게 장한 것인지 그 일을 하다가, 그 일이라야 도적질이지만, 들어가 욕보던 이야기를 하면 그들은 눈을 커다랗게 뜨고

"아이구, 그걸 어떻게 당하셨수!"

하고 적이 놀라면서도

"그래 그 돈은 어떻게 했수?"

"또 그랠 생각이 납디까유?"

"참 우리 같은 농군에 대면 호강살이유!"

하고들 한편 썩 부러운 모양이었다. 저들도 그와 같이 진탕 먹고살고는 싶으나 주변 없이 못하는 그 울분에서 그런, 이야기만 들어도 다소 위안이 되는 것이다. 응칠이는 이걸 잘 알고 그 누구를 논에다 꺼꾸로 박아놓고 달아나다가 붙들리어 경치던 이야기를 부지런히 하며

"자네들은 안적(아직) 멀었네 멀었서."

하고 흰소리(터무니없이 자랑으로 떠벌리거나 거드럭거리며 허풍을 떠는 말)를 치면 그들은, 옳다는 뜻이겠지, 묵묵히 고개만 꺼떡꺼떡하며 속없이 술을 사주고 담배를 사주고 하는 것이다.

그런데 이번 벼를 훔쳐간 놈은 응칠이를 마구 넘보는 모양 같다.

이렇게 생각하면 응칠이는 더욱 괘씸하였다. 그는 물푸레 몽둥이를 벗삼아 논둑길을 질러서 산으로 올라간다.

이슥한 그믐은 칠야……

길은 어둡고 흐릿한 언저리만 눈앞에 아물거린다.

그 논까지 칠 마장(십 리나 오 리 미만의 거리를 이를 때 리(里) 대신으로 쓰는 말)은 느긋하리라. 이 마을을 벗어나는 어구에 고개 하나를 넘는다. 또 하나를 넘는다. 그러면 그 담 고개와 고개 사이에 수목이 울창한 산 중턱을 비겨대고(비스듬히 기대고) 몇 마지기의 논이 놓였다. 응오의 논은 그중의 하나이었다. 길에서 썩 들어앉은 곳이라 잘 뵈도 않는다. 동리에 그런 소문이 안 났을 때에는 천행으로 본 놈이 없을 것이니 반드시 성팔이의 성행(性行, 성품과 행실)임에는…….

응칠이는 공동묘지의 첫 고개를 넘었다. 그리고 다음 고개의 마루턱을 올라섰을 때 다리가 주춤하였다. 저 왼편 높은 산 고랑에서 불이 반짝하

다 꺼진다. 즘생(짐승) 불로는 너무 흐리고-아하, 이놈들이 또 왔군. 그는 가던 길을 옆으로 새었다. 더듬더듬 나뭇가지를 짚으며 큰 산으로 올라탄다. 바위는 미끌리어 내리며 발등을 찧는다. 딸기 가시에 종아리는 따겁고 엉금엉금 기어서 바위를 끼고 감돈다.

응칠이 노름판에 끼어들다

 산, 거반 꼭대기에 바위와 바위가 어깨를 겻고(맞대고) 움쑥 들어간 굴이 있다. 풀들은 뻗치어 굴 문을 막는다.
 그 속에 돌아앉아서 다섯 놈이 머리들을 맞대고 수군거린다. 불빛이 샐까 염려. 남폿불을 얕이 달아놓고 몸들을 바싹바싹 여미어 가리운다.
 "어서 후딱후딱 처, 갑갑해서 온……."
 "이번엔 누가 빠지나?"
 "이 사람이지 멀 그래."
 "다시 섞어, 어서(어디에서) 이따위 수작이야."
하고 한 놈이 골을 내이고 화토(화투)를 빼앗아서 제 손으로 섞다가 깜짝 놀란다. 그리고 버썩 대드는 응칠이를 벙벙히 치어다보며 얼뚤한다.
 그들은 응칠이가 오는 것을 완고척히(완고하게) 싫어하는 눈치이었다. 이런 애송이 노름판인데 응칠이를 들였다는 맥을 못 쓸 것이다. 속으로는 되우 꺼렸다마는 그렇다고 응칠이의 비위를 건드림은 더욱 좋지 못하므로…….

"아, 응칠인가 어서 들어오게."

하고 선웃음을 치는 놈에

"난 올 듯하게, 자넬 기다렸지."

하며 어수대는(우쭐대는) 놈

"하여튼 한 케(켜) 떠보세."

이놈들은 손을 잡아들이며 썩들 환영이었다.

응칠이는 그 속으로 들어서며 무서운 눈으로 좌중을 한 번 훑어보았다.

그런데 재성이도 그 틈에 끼어 있는 것이 아닌가. 사날 전만 해도 유칠이더러 먹을 양식이 없으니 돈 좀 취하라던 놈이. 의심이 부쩍 일었다. 도적이란 흔히 이런 노름판에서 씨가 퍼진다. 고 옆으로 기호도 앉았다. 이놈은 며칠 전 제게 집을 팔았다. 그돈으로 영동 가서 장사를 하겠다던 놈이 노름을 왔다. 제깐 주제에 딸듯 싶은가. 하나는 용구. 농사엔 힘 안 쓰고 노름에 몸이 달았다. 시키는 부역도 안 나온다고 동리에서 손두(손도(損徒). 부도덕한 인간을 그 지역에서 내쫓는 것)를 맞은 놈이다. 그리고 남의 집 머슴 녀석. 뽐을 내이고 멋없이 점잔을 피우는 중늙은이 상투쟁이. 이 물건은 어서 날아왔는지 보도 못하던 놈이다. 체, 이것들이 뭘 한다구…….

응칠이는 기호의 등을 꾹 찍어 가지고 밖으로 나왔다.

외딴곳으로 데리고 와서

"자네 돈 좀 없겠나?"

하고 돌아서다가

"웬걸 돈이 어디……."

눈치만 남고 어름어름하니

"안해와 갈렸다지, 그 돈 다 뭐 했나?"

"아 이 사람아 빚 갚았지······."

기호는 눈을 내려 깔며 매우 거북한 모양이다.

오른편 엄지로 한 코를 막고 흥하고 내뽑더니

"이번 빚에 졸리어 죽을 뻔했네,"

하고 묻지 않은 발뺌까지 앉아서 절대로 등허리를 긁죽긁죽한다.

그러나 응칠이는 속으로 이놈 하였다.

응칠이는 실눈을 뜨고 기호를 유심히 쏘아주었더니

"꼭 사 원 남었네."

하고 선뜻 알리고

"빚 갚고 뭣하고 흐지부지 녹았어······."

어색하게도 혼잣말로 우물쭈물 웃어버린다.

응칠이는 퉁명스러이

"나 이 원만 최게(꾸어주게)."

하고 손을 내대다 그러두 잘 듣지 않으매

"따서 둘이 노늘 테야, 누가 떼먹나······."

하고 소리가 한 번 빽 안 나올 수 없다.

이 말에야 기호도 비로소 안심한 듯, 저고리 섶을 쳐들고 흠칫거리다 주뼛주뼛 꺼내놓는다. 따는 응칠이의 솜씨이면 낙자는 없을 것이다. 설혹 재간이 모자라 잃는다면 우격이라도 도루 몰아갈게니깐······.

"나도 한 케 떠보세."

응칠이는 우좌스레(우쭐대며) 굴로 기어든다. 그 콧등에는 자신 있는 그리고 흡족한 미소가 떠오른다. 사실이지 노름만치 그를 행복하게 하는 건 다시없었다. 슬프다가도 화토나 투전장을 손에 들면 공연스리 어깨가 으쓱거리고 아무리 일이 바빠도 노름판은 옆에 못 두고 지난다. 그는 이놈 저놈의 눈치를 슬쩍 한 번 훑고
 "두 패루 너느지?"
  응칠이는 재성이와 용구를 데리고 한옆으로 비켜 앉았다. 그리고 신바람이 나서 화토를 섞다가 손을 따악 짚으며
 "튀전(투전)이래지 이깐 화투는 하튼 뭘 할 텐가 녹빼낀(600)가, 켤 텐가?"
 "약단이나 그저 보지……."
  사방은 매섭게 조용하였다. 바위 위에서 혹 바람에 모래 구르는 소리뿐이다.
  어쩌다
 "엣다 봐라."
하고 화토 짝이 쩔꺽, 한다. 그리고 다시 쥐 죽은 듯 잠잠하다.
  그들은 이욕에 몸이 달아서 이야기고 뭐고 할 여지가 없다. 행여 속지나 않는가, 하여 눈들이 빨개서 서로 독을 올린다. 어떤 놈이 뜨는 놈이고 어떤 놈이 뜨기는 놈인지 영문 모른다.
  응칠이가 한 장을 내던지고 명월 공산을 보기 좋게 떡 제쳐놓으니
 "이거 왜 수짜질(수작질)이야."
  용구가 골을 벌컥 내이며 치어다본다.

"뭐가?"

"뭐라니, 아 이 공산 자네 밑에서 빼내지 않았나?"

"봤으면 고만이지 그렇게 노할 건 또 뭔가."

응칠이는 어설피 입맛을 쩍쩍 다시다

"그럼 이번엔 파토지?"

하고 손의 화토를 땅에 내던지며 껄껄 웃어버린다.

이때 한 옆에서 별안간

"이 자식 죽인다……."

악을 쓰는 것이니 모두들 놀라며 시선을 몬다(모은다). 머슴이 마주 앉은 상투의 뺨을 갈겼다. 말인즉 매주(매화가 그려져 있는 화투짝) 다섯 끗을 업어쳤다, 고…….

허나 정말은 돈을 잃은 것이 분한 것이다. 이 돈이 무슨 돈이냐 하면 일 년 품을 팔은 피 묻은 사경(새경. 매년 머슴에게 주는 품삯)이다. 이런 돈을 송두리 먹다니…….

"이 자식 너는 야마시꾼(사기꾼)이지 돈 내라."

멱살을 훔켜잡고 다시 두 번을 때린다.

"허, 이눔이 왜 이래누, 어른을 몰라보구."

상투는 책상다리를 잡숫고 허리를 쓰윽 펴드니 점잖이 호령한다. 자식뻘 되는 놈에게 뺨을 맞는 건 말이 좀 덜 된다. 약이 올라서 곧 일을 칠 듯이 응뎅이를 번쩍 들었으나 그러나 그대로 주저앉고 말았다. 악에 바짝 받힌 놈을 건드렸다는 결국 이쪽이 손해다. 더럽다는 듯이 허허, 웃고

"버릇없는 놈 다 봤고!"

하고 꾸짖은 것은 잘 됐으나 그여히(기어이) 어이쿠, 하고 그 자리에 푹 업프러진다(엎어진다). 이마가 터져서 피는 흘렀다. 어느 틈엔가 돌멩이가 날아와 이마의 가죽을 터친 것이다.

 응칠이는 싱글거리며 굴을 나섰다. 공연스리 쑥스럽게 일이나 벌어지면 성가신 노릇이다. 그리고 돈 백이나 될 줄 알았더니 다 봐야 한 사십 원 될까 말까. 그걸 바라고 어느 놈이 앉았는가!

 그가 딴 것은 본밑(본전)을 알라 구 원하구 팔십 전이다. 기호에게 오 원을 내주고

 "자, 반이 넘네, 자네 계집 잃고 돈 잃고 호강이겠네."

 농담으로 비웃어 던지고는 숲으로 설렁설렁 내려온다.

 "여보게 자네에게 청이 있네."

 재성이 목이 말라서 바득바득 따라온다. 그 청이란 묻지 않아도 알 수 있었다. 저에게 돈을 다 빼앗기곤 구문(口文, 개평. 흥정을 붙여주고 그 보수로 사고판 양쪽으로부터 받는 돈)이겠지. 시치미를 딱 떼고 나 갈 길만 걷는다.

 "여보게 응칠이, 아 내 말을 들어."

 그제서는 팔을 잡아 낚으며 살려달라 한다. 돈을 좀 늘릴까, 하고 벼 열 말을 팔아 해보았다더니 다 잃었다고. 당장 먹을 게 없어 죽을 지경이니 노름 밑천이나 하게 몇 푼 달라는 것이다. 그러나 벼를 털었으면 거저먹을 게지 어쭙지않게(주제넘은 언행으로 비웃음을 당할 만하게) 노름은

 "그런 걸 왜 너보고 하랬어?"

하고 돌아서며 소리를 빽 지르다가 가만히 보니 눈에 눈물이 글썽하다. 잠자코 돈 2원을 꺼내주었다.

응칠이는 돌에 앉아서 팔짱을 끼고 덜덜 떨고 있다.

 사방은 뺑…… 돌리어 나무에 둘러싸였다. 거무투툭한 그 형상이 헐없이 무슨 도깨비 같다. 바람이 불 적마다 쏴, 하고 쏴하고 음충맞게 건들거린다. 어느 때에는 쨱, 쨱, 하고 목을 따는지 비명도 올린다.

 그는 가끔 뒤를 돌아보았다. 별일은 없을 줄 아나 호옥(혹시) 뭐가 덤벼들지도 모른다. 서낭당은 바로 등 뒤다. 족제빈지 뭔지, 요동통에(요동하는 바람에) 돌이 무너지며 바시락, 바시락, 한다. 그 소리가 묘하게도 등줄기를 쪼옥 긋는다. 어두운 꿈속이다. 하늘에서 이슬은 내리어 옷깃을 추긴다. 공포도 공포려니와 냉기로 하야 좀체로 견딜 수가 없었다.

 산골은 산신까지도 주렸으렷다. 아들 낳아달라고 떡 갖다 바칠 이 없을 테니까. 이놈의 영감님 홧김에 덥석 달겨들면. 앞뒤를 다시 한 번 휘 돌아 본 다음 설대를 뽑는다. 그리고 오금팽이(오금. 무릎의 구부러지는 안쪽의 오목한 부분)로 불을 가리고는 한 대 뻑뻑 피어 물었다. 논은 열아문(여남은) 칸 떨어져 고 아래 누었다. 일심정기(一心正氣, 한결 같은 마음과 바른 기운)를 다하여 나무 틈으로 뚫어보고 앉았다. 그러나 땅에 대를 털려니깐 풀숲이 이상스러이 흔들린다. 뱀, 뱀이 아닌가. 구시월 뱀이라니 물리면 고만이다. 자리를 옮겨 앉으며 손으로 입을 막고 하품을 터친다.

 아마 두어 시간은 더 넘었으리라. 이놈이 필연코 올 텐데 안 오니 이 또 무슨 조활까. 이 짓이란 소문이 나기 전에 한 번 더 와보는 것이 원칙이다. 잠을 못 자서 눈이 뻑뻑한 것이 제물에(저 혼자 스스로) 슬금슬금 감긴다. 이를 악물고 눈을 뒵쓰면(부릅뜨면) 이번에는 허리가 노글거린다(노그라진다. 몹시 지쳐서 힘없이 축 늘어진다). 속은 쓰리고 골치는 때리고. 불꽃 같은 노기가 불끈 일어서 몸을 옥죄인다(안으로 오그라들도록 바싹 죄인다). 이놈의 다리를 못 꺾어놓아도 애비 없는 홀의자식(호래자식. 버릇없는 자식)이겠다.

응칠이 도둑을 잡고 보니 동생 응오다

닭들이 세 홰(새벽에 닭이 우는 횟수를 세는 것)를 운다. 멀리 산을 넘어오는 그 음향이 퍽은 서글프다. 큰 비를 몰아드는지 검은 구름이 잔뜩 끼인다. 하긴 지금도 빗방울이 뚝, 뚝 떨어진다.

그때 논둑에서 흐끄무레한 헤까비(허깨비) 같은 것이, 얼씬거린다. 정신을 빤짝 차렸다. 영락없이 성팔이, 재성이, 그 둘 중의 한 놈이리라. 이 고생을 시키는 그놈! 이가 북북 갈리고 어깨가 다 식식거린다. 몽둥이를 잔뜩 우려 쥐었다. 그리고 벌떡 일어나서 나무줄기를 끼고 조심조심 돌아내린다. 허나 도랑쯤 내려오다가 그는 멈씰하야(멈칫하여) 몸을 뒤로 물렸다. 늑대 두 놈이 짝을 짓고 이편 산에서 저편 산으로 설렁설렁 건너가는 길이었다. 빌어먹을 늑대, 이것까지 말썽이람.

이마의 식은땀을 씻으며 도로 제자리로 돌아온다. 어쩌면 이번 이놈도 재작년 강도 짝이나 안 될는지. 급시로 불길한 예감이 뒤통수를 탁 치고 지나간다.

그는 옷깃을 여미며 한 대를 더 붙였다. 돌연히 풍세는 심하여진다. 산골짜기로 몰아드는 억센 놈이 가끔 발광이다. 다시금 더르르 몸을 떨었다. 가을은 왜 이 지경인지. 여기에서 밤새울 생각을 하니 기가 찼다.

얼마나 되었는지 몸을 좀 녹이고자 일어나서 서성서성할 때이었다. 논으로 다가오는 희미한 그림자를 분명히 두 눈으로 보았다. 그리고 보니 피로고, 한고(寒苦, 추위로 인한 고생)이고 다 딴소리다. 고개를 내대고 딱 버티고 서서 눈에 쌍심지를 올린다.

흰 그림자는 어느 틈엔가 어둠 속에 사라져 보이지 않는다. 그리고 다시 나올 줄을 모른다. 바람 소리만 왱, 왱, 칠 뿐이다. 다시 암흑 속이 된다. 확실히 벼를 훔치러 논 속으로 들어갔을 것이다. 역갱이(여우) 같은 놈이 궂은 날새(날씨)를 기화 삼아 맘껏 하겠지 의리 없는 썩은 자식, 격장(담을 사이에 두고 서로 이웃함)에서 같이 굶는 터에-오냐 대거리(상대방에 맞서서 대드는 것)만 있어라 이를 한 번 부욱 갈아붙이고 차츰차츰 논께로 내려온다.

응칠이는 논께로 바특이 내려서서 소나무에 몸을 착 붙였다. 섣불리 서둘다간 낫의 횡액을 입을지도 모른다. 다 훔쳐가지고 나올 때만 기다린다.

몽둥이는 잔뜩 힘을 올린다.

한 식경(한 끼의 밥을 먹을 만한 시간)쯤 지났을까, 도적은 다시 나타난다. 논둑에 머리만 내놓고 사면을 두리번거리더니 그제서 기어 나온다. 얼굴에는 눈만 내놓고 수건인지 뭔지 헝겊이 가리었다. 봇짐을 등에 짊어 메고는 허리를 구붓이(조금 굽은 듯하게) 뺑손(뺑소니)을 놓는다. 그러자 응칠이가 날쌔게 달려들며

"이 자식, 남우 벼를 훔쳐가니……!"

하고 대포처럼 고함을 지르니 논둑으로 고대로 데굴데굴 굴러서 떨어진다. 얼결에 호되히(호되게) 놀란 모양이었다.

응칠이는 덤벼들어 우선 허리께를 내려 조겼다(위에서 마구 두들겨, 꺾어지거나 으스러지게 했다). 어이쿠쿠, 쿠……, 하고 처참한 비명이다. 이 소리에 귀가 뻔쩍 띄어 그 고개를 들고 팔부터 벗겨보았다. 그러나 너무나 어이가 없었음인지 시선을 치걷으며 그 자리에 우두망찰한다(정신이 얼떨떨하여 어찌할 바를 모른다).

그것은 무서운 침묵이었다. 살뚱맞은(말이나 하는 짓이 당돌하고 생뚱한) 바람만 공중에서 북새를 논다.

한참을 신음하다 도적은 일어나더니

"성님까지 이렇게 못살게 굴기유?"

제법 눈을 부라리며 몸을 홱 돌린다. 그리고 느끼며 울음이 복받친다. 봇짐도 내버린 채

"내 것 내가 먹는데 누가 뭐래?"

하고 데퉁스러히(퉁스럽게. 하는 짓이 조심성이 없고 미련하며 거칠게) 내뱉고는 비틀비틀 논 저쪽으로 없어진다.

형은 너무 꿈속 같아서 멍하니 섰을 뿐이다.

그러다 얼마 지나서 한 손으로 그 봇짐을 들어본다. 가뿐하니 끽(겨우) 밀 가웃이나 될는지. 이까짓 걸 요렇게까지 해갈라는 그 심정은 실로 알 수 없다. 벼를 논에다 도로 털어버렸다. 그리고 안해의 치마이겠지, 검은 보자기를 척척 개서 들었다. 내 걸 내가 먹는다……. 그야 이를 말이랴, 허나 내 걸 내가 훔쳐야 할 그 운명도 얄궂거니와 형을 배반하고 이 짓을 벌인 아우도 아우이럿다. 에이 고얀 놈, 할 제 볼을 적시는 것은 눈물이다. 그는 주먹으로 눈을 쓱 부비고(비비고) 머리에 번쩍 떠오르는 것

이 있으니 두레두레한(둥그렇고 보기 좋게 생긴) 황소의 눈깔. 시오 리를 남쪽 산속으로 들어가면 어느 집 바깥뜰에 밤마다 늘 매어 있는 투실투실한 그 황소. 아무렇게 따지던 칠십 원은 갈 데 없으리라. 그는 부리나케 아우의 뒤를 밟았다.

공동묘지까지 거반 왔을 때에야 가까스로 만났다. 아우의 등을 탁 치며
"얘, 좋은 수 있다, 네 원대로 돈을 해줄게 나하구 잠깐 다녀오지."

씩씩한 어조로 기쁘도록 달랬다. 그러나 아우는 입 하나 열려하지 않고 그대로 실쭉하였다(싫은 태도로 눈이나 입을 한쪽으로 실긋 움직였다). 뿐만 아니라 어깨 위에 올려놓은 형의 손을 부질없단 듯이 몸으로 털어버린다. 그리고 삐익 달아난다. 이걸 보니 하 엄청이 나고 기가 콱 막히었다.
"이놈아!"
하고 악에 받치어
"명색이 성이라며?"

대뜸 몽둥이는 들어가 그 볼기짝을 후려갈겼다. 아우는 모로 몸을 꺾더니 시나브로 찌그러진다. 대미처(뒤미처) 앞정강이를 때렸다. 등을 팼다. 일어나지 못할 만치 매는 내리었다. 체면을 불구하고 땅에 엎드리어 엉엉 울도록 매는 내리었다.

홧김에 하긴 했으되 그 꼴을 보니 또한 마음이 편할 수 없다. 침을 퇴, 뱉어 던지곤 팔자 드센 놈이 그저 그렇지 별 수 있냐. 쓰러진 아우를 일으키어 등에 업고 일어섰다. 언제나 철이 날는지 딱한 일이었다. 속 썩는 한숨을 후- 하고 내뿜는다. 그리고 어청어청(큰 사람이 활기차게 걷는 모양) 고개를 묵묵히 내려온다.

이야기 따라잡기

응칠은 산속에서 한가로이 송이를 따고 있다. 남들은 한참 추수로 바쁘다. 응칠은 농토, 집, 가족이 없이 떠도는 만무방이요, 절도로 징역살이를 한 전과자다. 배가 고픈 응칠은 송이를 몇 개 따서 베어 문다. 이 산골이 송이의 본 고장이지만 송이를 채취하는 사람들은 송이를 팔아서 생활하기에 바쁘므로 송이를 맛보지도 못하는 슬픈 현실을 생각한다.

숲 속을 빠져나온 응칠은 성팔을 만나 동생 응오네 벼가 도둑맞았다는 이야기를 듣고 성팔을 의심해본다. 응칠은 5년 전 아내와 아들이 있는 성실한 농군이었다. 그러나 농사 후 남는 것은 빚뿐이었다. 응칠 부부가 도망을 하여 구걸로 연명하던 중, 아내가 헤어져서 따로 살 방도를 찾자는 제안을 하여 가족이 해체되었다.

진실한 모범청년인 응오는 벼를 베지 않고 있다. 그는 추수를 해도 남는 것이 없고, 병든 아내를 간호하느라 제때 추수를 못하는 것이라고 말한다. 그런데 누군가 응오네 벼 이삭만 잘라서 훔쳐가는 일이 생긴 것이다. 사람들은 응칠을 도둑으로 의심한다. 응칠은 재성이나 성팔 둘 중 하나가 범인이라고 추측하며 딱한 동생을 위해 도둑을 꼭 잡으리라 결심한다.

응오의 아내는 병이 중하다. 응오는 아내에게 먹을 약을 달이고 있다. 얼마 전에 응오는 아내의 병을 낫게 하려면 산치성을 올려야 한다면서 형에게 돈을 만들어달라고 부탁한 적이 있다. 그러나 응칠은 거절하며 동생에게 계집을 버리고 자기를 따라나서라고 대답하였다. 동생의 살림을 보면 과거 자기의 생활을 보는 것 같아서 마음이 답답하다.

응칠은 아리랑 노래를 흥얼거리며 강릉을 그리워한다. 30여 년 전 풍요로웠던 시골이 이제는 점점 살기 어려워진다는 생각을 한다. 재작년 가을 많지도 않은 돈과 곡식 때문에 농군이 농군을 흉악하게 죽인 사건을 떠올리기도 한다.

밤이 깊어지고 응칠은 벼 도둑을 잡으러 가는 길에 노름판에 들른다. 화투판에서는 노름을 하던 머슴이 일 년 동안 노동으로 번 돈을 상투에게 모두 잃고 큰 싸움이 난다. 응칠은 새벽까지 잠복해 있다가 논에 누군가 얼씬거리는 것을 보고 몽둥이로 내려친다. 도둑의 복면을 벗겨보니 도둑은 동생 응오였다. 동생은 형에게 내 것을 내가 먹는데 형이 왜 못살게 구느냐고 말하며 운다. 응칠은 동생의 얄궂은 운명을 생각하며 눈물을 흘린다.

응칠은 산속 어느 집에 있는 황소를 도둑질하여 팔면 동생에게 돈을 해줄 수 있겠다고 생각한다. 동생은 형의 말에 부질없다며 달아난다. 응칠은 동생의 반응에 어이가 없어 동생을 몽둥이로 때려 쓰러뜨리고 언제 철이 날는지 딱한 일이라고 생각하며 동생을 업고 고개를 내려온다.

쉽게 읽고 이해하기

문제적 인물을 통해 문제적 현실을 보여주기

「만무방」(『조선일보』, 1935. 7. 17~30)에서 제목의 '만무방'은 '염치 없이 막돼먹은 사람'이란 의미로 주인공 응칠을 말한다. 응칠은 집과 농토가 없이 떠돌아다니며 노름과 절도를 일삼아온 자로서, 농촌 사회에서 보면 아웃사이더에 속하는 문제적 인물이다.

농촌마을에 나쁜 일이 생기면 주재소에서는 가장 먼저 응칠을 용의자로 본다. 응칠이 전과자이기 때문이다. 그런데 응칠에게는 가슴 아픈 사연이 있다. 5년 전까지 집과 농토, 아내와 아들이 있었지만 너무나 가난하고 빚이 많아서 도망을 쳤고, 아내와 구걸로 연명하였었다. 아내는 이러다 어린 아들이 굶어죽겠다면서 응칠에게 서로 헤어져 살 길을 찾자고 제안했다. 극도의 가난은 응칠의 가족을 완전히 해체시켰던 것이다.

작가는 문제적 인물인 만무방 응칠의 눈을 통해, 당시 사회의 문제적 현실을 극명하고 적극적으로 보여준다. 일 년 농사를 지어봤자 빚을 갚고 나면 한 푼도 남지 않는 슬픈 소작인들, 송이버섯 하나도 맛보지 못하고 생계에 보태는 안쓰러운 송이채취꾼들, 노름판에서 일 년 번 돈을 순간에 잃고 혈투를 벌이는 머슴, 얼마 안 되는 돈과 곡식을 빼앗으려고 농군이 농군을 엽기적으로 살해한 사건 등은 문제적 현실을 강력하게 보여준다.

동생 응오는 모범적인 농군이며 병든 아내를 정성으로 간병한다. 형인 응칠과 전혀 반대가 되는 선한 인물이다. 그런데 응오는 독자들의 기대를 보기 좋게 배반한다. 자기 논의 벼를 훔친 도둑으로 판명이 나기 때문이다. "내 것 내가 먹는데 누가 뭐래?"라는 응오의 말은 독자의 마음을 찡하게 만들고, 불합리한 농촌구조에 저항하는 목소리로 울려 나온다. 아무리 농사를 지어도 지주에게 쌀을 바치고, 빌렸던 쌀 등을 갚고 나면 흘린 땀밖에 남지 않는다는 아이러니한 현실은 당시 우리 농촌이 처한 구조적 문제였다.

아리랑과 한의 정조

김유정은 평소에 우리의 전통 소리에 관심이 많았다. 당대 명창이었던 박녹주를 사랑한 김유정은 박녹주의 노래를 즐겨 듣고 연주회에도 찾아다녔다는 기록이 있다. 작가 이상이 쓴 「김유정─소설체로 쓴 김유정론」(1939)을 보면, 김유정은 평소 강원도 아리랑을 즐겨 불렀다고 한다. 아리랑은 개인의 넋두리로 삶의 애환을 풀어낼 뿐 아니라 집단사회와 민족의 한을 간직한 노래이다. 김유정은 여러 작품에서 아리랑을 언급

했는데, 노랫말을 자세히 활용한 예는 「만무방」과 「안해」가 있다.

「만무방」에서 응칠이 콧노래로 아리랑을 흥얼거리는 장면이 있다. 동생 응오의 답답한 살림을 보고 마음이 꽉 막힌 응칠이 둔덕에 앉아 마을을 내려다보다 아리랑을 부르는 것이다. 그는 30여 년 전의 풍요로웠던 시절을 그리워하며 앞이 보이지 않는 가난하고 황폐화한 농촌 현실을 한스러워한다.

"아리랑 아리랑 아리라요/아리랑 띄여라 노다 가세/증기차는 가자고 왼 고동 트는데/정든님 품 안고 낙누낙누//아리랑 아리랑 아라리요/아리랑 띄여라 노다 가세/낼 갈지 모레 갈지 내 모르는데/옥씨기 강낭이는 심어 뭐하리//아리랑 아리랑 아라리요/아리랑 띄여라……"에서 아리랑 노랫말을 들여다보면, 언제 떠날지 몰라서 "옥씨기 강낭이"를 심는 게 부질없는 불안한 농부의 삶이 느껴진다. 증기차는 어딘가로 멀리 떠나가는 수단이므로, 농토를 버리고 떠도는 만무방의 한의 정조가 전달된다.

「안해」에는 남편이 아내를 들병이로 훈련시키는 장면에서 〈춘천아리랑〉이 나온다. "아리랑 아라리요, 춘천아 봄의 산아 잘 있거라, 신연강 배타면 하직이라."라는 부분으로 고향을 떠나는 사람의 슬픔이 배어 있는 노래이다. 만무방과 들병이가 부르는 아리랑에는 그들의 삶의 애환이 묻어나며, 나아가 1930년대 우리 농촌의 한 맺힌 현실이 드러난다.

생각은 우물을 파는 것과 같다. 처음에는 흐리지만 차차 맑아진다.
― 중국 격언

「금 따는 콩밭」(『개벽』, 1935. 3)은

콩밭을 아끼는 마음과 금을 캐려는

욕망이 얽혀 이러지도 저러지도 못하는

주인공을 통해, 금 투기로 인해

농촌 사회가 붕괴하는 모습을 보여주는 작품이다.

금 따는 콩밭

하기는 금만 잘 터져 나오면 이까짓 콩밭쯤이야.

등장인물

영식 금으로 부자가 되려는 생각에 본업인 농부의 길을 버린 인물. 수재의 말을 믿고 콩밭을 파헤치지만 금은 나오지 않는다. 끝까지 수재에게 속임을 당한다.

수재 영식을 꾀어 금을 캐자고 제안한 인물. 영악한 성격으로 금이 나오지 않자 거짓말로 영식 부부를 속이고 도망갈 궁리를 한다.

영식의 아내 수재의 말을 듣고 남편에게 금을 캐자고 권유한 인물. 가난에서 벗어나고 싶어 시작한 일인데 남편과 사이가 틀어지고 남편에게 매를 맞기까지 한다.

금 따는 콩밭

영식은 농사를 중단하고 금을 캐기 시작하다

땅속 저 밑은 늘 음침하다.

고달픈 간드렛불. 맥없이 푸리끼하다. 밤과 달라서 낮엔 되우 흐릿하였다.

겉으로 황토 장벽으로 앞뒤좌우가 콕 막힌 좁직한 구덩이. 흡사히 무덤 속 같이 귀중중하다. 싸늘한 침묵. 쿠더브레한(쿠더분한, 냄새가 몹시 구리고 터분하다) 흙내와 징그러운 냉기만이 그 속에 자욱하다.

곡괭이는 뻔찔 흙을 이르집는다. 암팡스러이 내려쪼며

퍽 퍽 퍽 —

이렇게 메떨어진 소리뿐. 그러나 간간 우수수하고 벽이 헐린다.

영식이는 일손을 놓고 소맷자락을 끌어당기어 얼굴의 땀을 훑는다. 이놈의 줄이 언제나 잡힐는지 기가 찼다. 흙 한 줌을 집어 코밑에 바짝 들이대고 손가락으로 샅샅이 뒤져본다. 완연히 버력은 좀 변한 듯싶다. 그러나 불통버력(소용없는 잡버력)이 아주 다 풀린 것도 아니었다. 말똥버력(양파 모양으로 벗겨져 부스러지기 쉬운 버력)이라야 금이 나온다는데 왜 이리 안 나오는지.

곡괭이를 다시 집어 든다. 땅에 무릎을 꿇고 궁뎅이를 번쩍 든 채 식식거린다. 곡괭이는 무작정 내려찍는다.

바닥에서 물이 스미어 무르팍이 홍건히 젖었다. 굿(광산에서 굴이 무너지지 않도록 손을 보아놓은 구덩이) 옆은 천판(갱도나 채굴장의 천장)에서 흙방울은 내리며 목덜미로 굴러든다. 어떤 때에는 윗벽의 한쪽이 떨어지며 등을 탕 때리고 부서진다.

그러나 그는 눈도 하나 깜짝하지 않는다. 금을 캔다고 콩밭 하나를 다 잡쳤다. 약이 올라서 죽을 둥 살 둥, 눈이 뒤집힌 이 판이다. 손바닥에 침을 탁 뱉고 곡괭이 자루를 한번 고쳐 잡더니 쉴 줄 모른다.

등 뒤에서는 흙 긁는 소리가 드윽드윽 난다. 아직도 버력을 다 못 친 모양. 이 자식이 일을 하나 시졸 하나. 남은 속이 바직 타는데 웬 뱃심이 이리도 좋아.

영식이는 살기 띤 시선으로 고개를 돌렸다. 암말 없이 수재를 노려본다. 그제야 꾸물꾸물 바지게(짐 싣는 소쿠리를 얹은 지게)에 흙을 담고 등에 메고 사다리를 올라간다.

굿이 풀리는지 벽이 우찔하였다. 흙이 부서져 내린다. 전날이라면 이곳에서 아내 한 번 못 보고 생죽음이나 안 할까 털끝까지 쭈뼛할 게다. 그러나 인젠 그렇게 되고도 싶다. 수재란 놈하고 흙더미에 묻히어 한껍에(한꺼번에) 죽는다면 그게 오히려 날 게다.

이렇게까지 몹시 몹시 미웠다.

지주와 마름의 위협에 영식은 마음이 불안하다

이놈 풍(허풍) 치는 바람에 애꿎은 콩밭 하나만 결단을 냈다. 뿐만 아니라 모두가 낭패다 세벌논(세 번째로 김을 매는 논)도 못 맸다. 논둑의 풀은 성큼 자란 채 어지러이 늘려져 잇다. 이 기미를 알고 지주는 대노하였다. 내년부터는 농사지을 생각 말라고 발을 굴렀다. 땅은 암만을 파도 지수(낌새)가 없다. 이만해도 다섯 길은 훨씬 넘었으리라. 좀 더 지펴야 옳을지 혹은 북으로 밀어야 옳을지 우두머니 망설거린다. 금점 일에는 푸둥이(풋내기)다. 입때껏 수재의 지휘를 받아 일을 하여 왔고 앞으로도 역 그리해야 금을 딸 것이다. 그러나 그런 칙칙한 짓은 안 한다.

"이리 와 이것 좀 파게."

그는 어쓴(엇선. 맞서 대항하는) 위풍을 보이며 이렇게 분부하였다. 그리고 저는 일어나 손을 털며 뒤로 물러선다.

수재는 군말 없이 고분하였다. 시키는 대로 땅에 무릎을 꿇고 벽채로 군버력을 긁어낸 다음 다시 파기 시작한다.

영식이는 치다 나머지 버력을 짊어진다. 커다란 걸때(사람의 몸집이나 체격)를 뒤툭거리며 사다리로 기어오른다. 굿문을 나와 버력더미에 흙을 마악 내치려 할 제

"왜 또 파. 이것들이 미쳤나그래."

산에서 내려오는 마름과 맞닥뜨렸다. 정신이 떠름하여 그대로 벙벙이

섰다. 오늘은 또 무슨 포악을 들으려는가.

"말라닌깐 왜 또 파는 게야"

하고 영식이의 바지게 뒤를 지팡이로 꽉 찌르더니

"갈아먹으라는 밭이지 흙 쓰고 들어가라는 거야 이 미친것들아, 콩밭에서 웬 금이 나온다구 이 지랄들이야 그래"

하고 목에 핏대를 올린다. 밭을 버리면 간수 잘못한 자기 탓이다. 날마다 와서 그 북새를 피우고 금하여도 담날 보면 또 여전히 파는 것이다.

"오늘로 이 구뎅이를 도로 묻어놔야지 낼로 당장 징역 갈 줄 알게."

너무 감정에 격하여 말도 잘 안 나오고 떠듬떠듬거린다. 주먹은 곧 날아들 듯이 허구리(허리 좌우의 갈비뼈 아래 잘록한 부분)께서 불불 떤다.

"오늘만 좀 해보고 고만두겠어유."

영식이는 낯이 붉어지며 가까스로 한마디 하였다. 그리고 무턱대고 빌었다.

마름은 들은 척도 안 하고 가버린다.

그 뒷모양을 영식이는 멀거니 배웅하였다. 그러다 콩밭 낯짝을 들여다보니 무던히 애통 터진다. 멀쩡한 밭에 구멍이 사면 풍풍 뚫렸다.

예제없이 버력은 무더기 무더기 쌓였다. 마치 사태 만난 공동묘지와도 같이 귀살쩍고(일이나 물건 따위가 마구 얼크러져 정신이 뒤숭숭하거나 산란하고) 되우 을씨년스럽다. 그다지 잘 되었던 콩 포기는 거반 버력더미에 다아 깔려버리고 군데군데 어쩌다 남은 놈들만이 고개를 나풀거린다. 그 꼴을 보는 것은 자식 죽는 걸 보는 게 낫지 차마 못할 경상이었다.

농토는 모조리 떨어질 것이다. 그러나 대관절 올 밭도지 벼 두 섬 반은 뭘로 해내야 좋을지. 게다 밭을 망쳤으니 자칫하면 징역을 갈는지도 모른다.

영식이가 구덩이 안으로 들어왔을 때 동무는 땅에 주저앉아 쉬고 있었다. 태연 무심히 담배만 뻑뻑 피우는 것이다.

"언제나 줄을 잡는 거야."

"인제 차차 나오겠지."

"인제 나온다."

하고 코웃음을 치고 엇먹더니 조금 지나매

"이 새끼."

흙덩이를 집어 들고 골통을 내려친다.

수재는 어쿠 하고 그대로 푹 엎드린다. 그러다 뻘떡 일어선다. 눈에 띠는 대로 곡괭이를 잡자 대뜸 달겨들었다. 그러나 강약이 부동. 왁살스러운 팔뚝에 퉁겨져 벽에 가서 쿵 하고 떨어졌다. 그 순간에 제가 빼앗긴 곡괭이가 정백이(정수리)를 겨누고 날아드는 걸 보았다. 고개를 홱 돌린다. 곡괭이는 흙벽을 퍽 찍고 다시 나간다.

이 모든 일은 수재가 유혹하고 아내가 부추겨서 시작되었다

수재 이름만 들어도 영식이는 이가 갈렸다. 분명히 홀딱 속은 것이다.

영식이는 본디 금점에 이력이 없었다. 그리고 흥미도 없었다. 다만 밭고랑에 웅크리고 앉아서 땀을 흘려가며 꾸벅꾸벅 일만 하였다. 올엔 콩도 뜻밖에 잘 열리고 맘이 좀 놓였다.

하루는 홀로 김을 매고 있노라니까

"여보게, 덥지 않은가 좀 쉬었다 하게."

고개를 들어보니 수재다. 농사는 안 짓고 금점으로만 돌아다니더니 무슨 바람에 또 왔는지 싱글벙글한다. 좋은 수나 걸렸나 하고

"돈 좀 많이 벌었나. 나 좀 쾌('빌려주다'의 방언) 주게."

"벌구말구. 맘껏 먹고 맘껏 쓰고 했네."

술에 거나한 얼굴로 신껏 주적거린다(주책없이 잘난 체하며 자꾸 떠든다). 그리고 밭머리에 쭈그리고 앉아 한참 객설을 부리더니

"자네 돈벌이 좀 안 하려나. 이 밭에 금이 묻혔네 금이…."

"뭐."

하니까

바로 이 산 넘어 큰 골에 광산이 있다. 광부를 삼백여 명이나 부리는 노다지판인데 매일 소출되는 금이 칠십 냥을 넘는다. 돈으로 치면 칠천 원. 그 줄맥이 큰 산 허리를 뚫고 이 콩밭으로 뻗어나왔다는 것이다. 둘이서 파면 불과 열흘 안에 줄을 잡을 게고 적어도 하루 서 돈씩은 따리라. 우선 삼십 원만 해도 얼마냐. 소를 산대도 반 필이 아니냐고.

그러나 영식이는 귀담아 듣지 않았다. 금점이란 칼 물고 뜀뛰기다. 잘 되면이거니와 못 되면 신세만 조판다(조진다. 망친다). 이렇게 전일부터 들은 소리가 있어서이다.

그 담날도 와서 꾀송거리다(달콤하고 교묘한 말로 계속 꾀다가) 갔다.

셋째 번에는 집으로 찾아왔는데 막걸리 한 병을 손에 떡 들고 영을 피운다(영피다. 기운을 내거나 기를 펴다). 몸이 달아서 또 온 것이었다. 봉당에

걸터앉아서 저녁상을 물끄러미 바라보더니 조당수(좁쌀을 물에 불린 다음 갈아서 묽게 쑨 것)는 몸을 훑인다는 둥 일꾼은 든든히 먹어야 한다는 둥 남들은 논을 사느니 밭을 사느니 떠드는데 요렇게 지내다 그만둘 테냐는 둥 일쩌웁게(귀찮고 불편하게) 지절거린다.

"아주머니, 이것 좀 먹게 해주시게유."

그리고 비로소 영식이 아내에게 술병을 내놓는다. 그들은 밥상을 끼고 앉아서 즐겁게 술을 마셨다. 몇 잔이 들어가고 보니 영식이의 생각도 적이 돌아섰다. 딴은 일 년 고생하고 끽 콩 몇 섬 얻어먹느니보다는 금을 캐는 것이 슬기로운 짓이다. 하루에 잘만 캔다면 한 해 줄곧 공들인 그 수확보다 훨씬 이익이다. 올봄 보낼 제 비료값 품삯 빚에 빚진 칠 원 까닭에 나날이 졸리는 이 판이다. 이렇게 지지하게 살고 말 바에는 차라리 가로지나 세로지나 사내자식이 한 번 해볼 것이다.

"낼부터 우리 파보세. 돈만 있으면이야 그까진 콩은."

수재가 안달스레 재우쳐 보채일 제 선뜻 응낙하였다.

"그래보세. 빌어먹을 거 안 됨 고만이지."

그러나 꽁무니에서 죽을 마시고 있던 아내가 허구리를 쿡쿡 찔렀기에 망정이지 그렇지 않았다면 좀 주저할 뻔도 하였다.

아내는 아내대로의 셈이 빨랐다.

시체(時體, 그 시대의 풍습이나 유행)는 금점이 판을 잡았다. 섣부르게 농사만 짓고 있다간 결국 비렁뱅이밖에는 더 못 된다. 얼마 안 있으면 산이고 논이고 밭이고 할 것 없이 다 금쟁이 손에 구멍이 뚫리고 뒤집히고 뒤죽박죽이 될 것이다. 그때는 뭘 파먹고 사나. 자 보아라. 머슴들은 짜

위(짬짜미. 남모르게 자기들끼리만 짜고 하는 약속이나 수작)나 한 듯이 일하다 말고 훅닥하면 금점으로들 내빼지 않는가. 일꾼이 없어서 올엔 농사를 질 수 없느니 마느니 하고 동리에서는 떠들썩하다. 그리고 번동 포농이(많은 농지를 가져 생활이 넉넉한 농민)조차 호미를 내어던지고 강변으로 개울로 사금을 캐러 달아난다. 그러다 며칠 뒤에는 다비(たび. 고무와 천으로 만든 노동화의 일종을 가리키는 일본어) 신에다 옥당목을 떨치고 희짜를 뽑는 것이 아닌가.

아내는 콩밭에서 금이 날 줄은 아주 꿈밖이었다. 놀라고도 또 기뻤다. 올에는 노냥 침만 삼키던 그놈 코다리(명태)를 짜장 먹어 보겠구나만 하여도 속이 메질 듯이 짜릿하였다. 뒷집 양근댁은 금점 덕택에 남편이 사다준 흰 고무신을 신고 나릿나릿 걷는 것이 무척 부러웠다. 저도 얼른 금이나 펑펑 쏟아지면 흰 고무신도 신고 얼굴에 분도 바르고 하리라.

"그렇게 해보지 뭐. 저 냥반 하잔 대로만 하면 어련히 잘 될라구."

얼풀하여 앉았는 남편을 이렇게 추겼던 것이다.

망가지는 콩밭을 보면서 영식은 마음이 아프다

동이 트기 무섭게 콩밭으로 모였다.

수재는 진언이나 하는 듯이 이리 대고 중얼거리고 저리 대고 중얼거리고 하였다. 그리고 덤벙거리며 이리 왔다가 저리 왔다가 하였다. 제 딴은 땅속에 누운 줄맥을 어림하여 보는 맥이었다.

한참을 밭을 헤매다가 산 쪽으로 붙은 한구석에 딱 서며 손가락을 펴들고 설명한다. 큰 줄이란 번시 산운산(상원산. 광맥의 근원지가 되는 산)을 끼고 도는 법이다. 이 줄이 노다지임에는 필시 이켠으로 버듬히(버드름히. 조금 큰 물체 따위가 밖으로 약간 벋은 듯하게) 누웠으리라. 그러니 여기서부터 파들어 가자는 것이었다.

  영식이는 그 말이 무슨 소린지 새기지는 못했다. 마는 금점에는 난다는 수재이니 그 말대로 하기만 하면 영락없이 금퇴야 나겠지 하고 그것만 꼭 믿었다. 군말 없이 지시해 받은 곳에다 삽을 푹 꽂고 파헤치기 시작하였다.

  금도 금이면 앨 써 키워온 콩도 콩이었다. 거진 다 자란 허울 멀쑥한 놈들이 삽 끝에 으스러지고 흙에 묻히고 하는 것이다. 그걸 보는 것은 썩 속이 아팠다. 애틋한 생각이 물밀(생각, 감정 따위가 세찬 기세로 솟구칠) 때 가끔 삽을 놓고 허리를 구부려서 콩잎의 흙을 털어주기도 하였다.

  "아 이 사람아 맥쩍게(심심하고 재미없게) 그건 봐 뭘해. 금을 캐자니깐."

  "아니야. 허리가 좀 아퍼서."

  핀잔을 얻어먹고는 좀 열적었다. 하기는 금만 잘 터져 나오면 이까짓 콩밭쯤이야. 이 밭을 풀어 논도 만들 수 있을 것이다. 눈을 감아버리고 삽의 흙을 아무렇게나 콩잎 위로 홱홱 내어던진다.

수재는 반드시 금이 나올 것이라고 장담하다

  "구구루 땅이나 파먹지 이게 무슨 지랄들이야."

  동리 노인은 뻔찔 찾아와서 귀 거친 소리를 하고 하였다.

밭에 구멍을 셋이나 뚫었다. 그리고 대구 뚫는 길이었다. 금인가 난장을 맞을 건가 그것 때문에 농군은 버렸다. 이게 필연코 세상이 망하려는 징조이리라. 그 소중한 밭에다 구멍을 뚫고 이 지랄이니 그놈이 온전할 겐가.

노인은 제물(스스로) 화에 지팡이를 들어 삿대질을 아니 할 수 없었다.
"벼락 맞느니. 벼락 맞어."
"염려 말아유. 누가 알래지유."
영식이는 그럴 적마다 데퉁스레 쏘았다. 골김에 흙을 되는 대로 내꾼지고는(내던지고는) 침을 탁 뱉고 구덩이로 들어간다. 그러나 마음 한구석에는 언제나 끈— 하였다. 줄을 찾는다고 콩밭을 통이 뒤집어놓았다. 그리고 줄이 언제나 나올지 아직 까맣다. 논도 못 매고 물도 못 보고 벼가 어이 되었는지 그것조차 모른다. 밤에는 잠이 안 와 멀뚱하니 애를 태웠다.

수재는 낙담하는 기색도 없이 늘 하냥이었다. 땅에 웅숭그리고 시적시적 노량으로(어정어정 놀면서 느릿느릿) 땅만 판다.
"줄이 꼭 나오겠나."
하고 목이 말라서 물으면
"이번에 안 나오거든 내 목을 비게."
서슴지 않고 장담을 하고는 꿋꿋하였다.

이걸 보면 영식이도 마음이 좀 뇌는(놓이는) 듯싶었다. 전들 금이 없다면 무슨 멋으로 이 고생을 하랴. 반드시 금은 나올 것이다. 그제서는 이왕 손해는 하릴없거니와 그만두리라는 절망이 스르르 사라지고 다시금 주먹이 쥐어지는 것이었다.

금이 나오지 않자 영식과 아내의 불화가 점점 커지다

캄캄하게 밤은 어두웠다. 어디선가 뭇 개가 요란히 짖어댄다.

남편은 진흙투성이를 하고 산에서 내려왔다. 풀이 죽어서 몸을 잘 가꾸지도 못하고 아랫목에 축 늘어진다.

이 꼴을 보니 아내는 맥이 다시 풀린다. 오늘도 또 글렀구나. 금이 터지면은 집을 한 채 사간다고 자랑을 하고 왔더니 이내 헛일이었다. 인제 좌지(짜증)가 나서 낯을 들고 나아갈 염의(廉義, 염치와 의리)조차 없어졌다.

남편에게 저녁을 갖다주고 딱하게 바라본다.

"인젠 꾸온 양식도 다 먹었는데."

"새벽에 산제를 좀 지낼 턴데 한 번만 더 꿰와."

남의 말에는 대답 없고 유하게 흘게 늦은(성격이나 하는 짓이 야무지지 못한) 소리뿐, 그리고 드러누운 채 눈을 지그시 감아버린다.

"죽거리두 없는데 산제는 무슨."

"듣기 싫어 요망 맞은 년 같으니."

이 호통에 아내는 고만 멈씰하였다(멈칫하였다). 요즘 와서는 무턱대고 공연스레 골만 내는 남편이 영 딱하였다. 환장을 하는지 밤잠도 아니 자고 소리만 빽빽 지르며 덤벼들려고 든다. 심지어 어린것이 좀 울어도 이 자식 갖다 내꾼지라고 북새를 피우는 것이다.

저녁을 아니 먹으므로 그냥 치워버렸다. 남편의 영을 거역키 어려워

양근댁한테로 또다시 안 갈 수 없다. 그간 양식은 줄곧 꾸어다 먹고 갚도 못하였는데 또 무슨 면목으로 입을 벌릴지 난처한 노릇이었다.

  그는 생각다 끝에 있는 염치를 보째 쏟아 던지고 다시 한 번 찾아가는 것이다. 마는 딱 맞닥뜨리어 입을 열고

  "낼 산제를 지낸다는데 쌀이 있어야지유."

하자니 영 낯이 화끈하고 모닥불이 날아든다.

  그러나 그들은 어지간히 착한 사람이었다.

  "암 그렇지요. 산신이 벗나면 죽도 그릅니다."

하고 말을 받으며 그 남편은 빙그레 웃는다. 워낙이 금점에 장구 닳아난(닳고 단) 몸인 만치 이런 일에는 적잖이 속이 틔었다. 손수 쌀 닷 되를 떠 다주며

  "산제란 안 지냄 몰라두 이왕 지낼래면 아주 정성껏 해야 됩니다. 산신이란 노하길 잘하니까유."

하고 그 비방까지 깨쳐 보낸다.

  쌀을 받아들고 나오며 영식이 처는 고마움보다 먼저 미안에 질리어 얼굴이 다시 빨갰다. 그리고 그들 부부 살아가는 살림이 참으로 참으로 몹시 부러웠다. 양근댁 남편은 날마다 금점으로 감돌며 버력더미를 뒤지고 토록(광맥의 본래 줄기에서 떨어져 다른 잡석과 함께 광맥의 곁으로 드러나 있는 광석)을 주워온다. 그걸 온종일 장판돌에다 갈면 수가 좋으면 이삼 원, 옥아도(본전보다 밑져도) 칠팔십 전 꼴은 매일 심이 되는 것이었다. 그러면 쌀을 산다 피륙을 끊는다 떡을 한다 장리를 놓는다―그런데 우리는 왜 늘 요 꼴인지. 생각만 하여도 가슴이 메는 듯 맥맥한 한숨이 연발을 하

는 것이었다.

아내는 집에 돌아와 떡쌀을 담그었다. 낼은 뭘로 죽을 쑤어 먹을는지. 윗목에 웅크리고 앉아서 맞은쪽에 자빠져 있는 남편을 곁눈으로 살짝 할겨본다. 남들은 돌아다니며 잘도 금을 주워오련만 저 망나니 제 밭 하나를 다 버려도 금 한 톨 못 주워오나. 에, 에, 변변치도 못한 사나이. 저도 모르게 얕은 한숨이 거푸어 두 번을 터진다.

밤이 이슥하여 그들 양주(兩主, 바깥주인과 안주인. '부부'를 이르는 말)는 떡을 하러 나왔다. 남편은 절구에 쿵쿵 빻았다. 그러나 체가 없다. 동네로 돌아다니며 빌려오느라고 아내는 다리에 불풍이 났다(매우 잦고도 바빴다).

"왜 이리 앉었수. 불 좀 지피지."

떡을 찌다가 얼이 빠져서 멍하니 앉았는 남편이 밉살스럽다. 남은 이래저래 애를 죄는데 저건 무슨 생각을 하고 저리 있는 건지. 낫으로 삭정이를 탁탁 쪼개서 던져주며 아내는 은근히 혹닥이었다(공연한 말로 꼴사납게 지껄이다).

닭이 두 홰를 치고 나서야 떡은 되었다.

아내는 시루를 이고 남편은 겨드랑에 자리때기를 꼈다. 그리고 캄캄한 산길을 올라간다.

비탈길을 얼마 올라가서야 콩밭은 놓였다. 전면을 우뚝한 검은 산에 둘리어 막힌 곳이었다. 가생이로 느티 대추나무들은 머리를 풀었다.

밭머리 조금 못 미처 남편은 걸음을 멈추자 뒤의 아내를 돌아본다.

"인 내. 그러구 여기 가만히 섰어."

시루를 받아 한 팔로 껴안고 그는 혼자서 콩밭으로 올라섰다. 앞에 쌓인 것이 모두가 흙더미. 그 흙더미를 마악 돌아서려 할 제 아마 돌을 찼나보다. 몸이 쓰러지려고 우찔근하니 아내는 기겁을 하여 뛰어오르며 그를 부축하였다.

"부정 타라구 왜 올라와, 요망 맞은 년."

남편은 몸을 고르잡자 소리를 뻑 지르며 아내를 얼뺨(얼떨결에 치는 뺨)을 부친다. 가뜩이나 죽으라 죽으라 하는데 불길하게도 계집년이. 그는 마뜩찮게 두덜거리며 밭으로 들어간다.

밭 한가운데다 자리를 펴고 그 위에 시루를 놓았다. 그리고 시루 앞에다 공손하고 정성스레 재배를 커다랗게 한다.

"우리를 살려줍시사. 산신께서 거들어주지 않으면 저희는 죽을밖에 꼼짝 수 없습니다유."

그는 손을 모으고 이렇게 축원하였다.

아내는 이 꼴을 바라보며 독이 뾰록같이 올랐다. 금점을 합네 하고 금 한 톨 못 캐는 것이 버릇만 점점 글러간다. 그전에는 없더니 요새로 건뜻하면(걸핏하면) 탕탕 때리는 못된 버릇이 생긴 것이다. 금을 캐랬지 뺨을 치랬나. 제발 덕분에 고놈의 금 좀 나오지 말았으면. 그는 뺨 맞은 앙심으로 맘껏 방자하였다.

하긴 아내의 말 그대로 되었다. 열흘이 썩 넘어도 산신은 깜깜 무소식이었다. 남편은 밤낮으로 눈을 까뒤집고 구덩이에 묻혀 있었다. 어쩌다 집엘 내려오는 때이면 얼굴이 헐떡하고 어깨가 축 늘어지고 거반 병객(病客)이었다. 그리고서 잠자코 커다란 몸집을 방고래에다 쿵 하고 내던지고 하는 것이다.

"제이미 붙을. 죽어나 버렸으면."
혹은 이렇게 탄식하기도 하였다.

수재는 금줄을 잡았다고 거짓말을 하고 줄행랑을 치려 하다

아내는 바가지에 점심을 이고서 집을 나섰다. 젖먹이는 등을 두드리며 좋다고 끽끽거린다.

인젠 흰 고무신이고 코다리고 생각조차 물렸다. 그리고 금 하는 소리만 들어도 입에 신물이 날 만큼 되었다. 그건 고사하고 꿔다 먹은 양식에 졸리지나 말았으면 그만도 좋으리마는.

가을은 논으로 밭으로 누렇게 내리었다. 농군들은 기꺼운 낯을 하고 서로 만나면 흥겨운 농담. 그러나 남편은 앵한 밭만 망치고 논조차 건살 못 하였으니 이 가을에는 뭘 거둬들이고 뭘 즐겨할는지. 그는 동리 사람의 이목이 부끄러워 산길로 돌았다.

솔숲을 나서서 멀리 밖에를 바라보니 둘이 다 나와 있다. 오늘도 또 싸운 모양. 하나는 이쪽 흙더미에 앉았고 하나는 저쪽에 앉았고 서로들 외면하여 담배만 뻑뻑 피운다.

"점심들 잡숫게유."

남편 앞에 바가지를 내려놓으며 가만히 맥을 보았다.

남편은 적삼이 찢어지고 얼굴에 생채기를 내었다. 그리고 두 팔을 걷고 먼 산을 향하여 묵묵히 앉았다.

수재는 흙에 박혔다 나왔는지 얼굴은커녕 귓속들이 흙투성이다. 코밑에는 피딱지가 말라붙었고 아직도 조금씩 피가 흘러내린다. 영식이 처를 보더니 열적은 모양. 고개를 돌리어 모로 떨어치며 입맛만 쩍쩍 다신다.

금을 캐라니까 밤낮 피만 내다 말려는가. 빚에 졸리어 남은 속을 볶는데 무슨 호강에 이 지랄들인고. 아내는 못마땅하여 눈가에 살을 모았다.

"산제 지난다구 꿔온 것은 은제나 갚는다지유."

뚱하고 있는 남편을 향하야 말끝을 꼬부린다. 그러나 남편은 눈썹 하나 까딱하지 않는다. 이번에는 어조를 좀 돋우며

"갚지도 못할 걸 왜 꿔오라 했지유."

하고 얼추 호령이었다.

이 말은 남편의 채 가라앉지도 못한 분통을 다시 건드린다. 그는 벌떡 일어서며 황밤주먹을 쥐어 창낭할(어지럽고 어수선할) 만치 아내의 골통을 후렸다.

"계집년이 방정맞게."

다른 것은 모르나 주먹에는 아찔이었다. 멋없이 덤비다간 골통이 부서진다. 암상을 참고 바르르하다가 이윽고 아내는 등에 업은 언내를 끌러 들었다. 남편에게로 그대로 밀어던지니 아이는 까르륵하고 숨 모는 소리를 친다.

그리고 아내는 돌아서서 혼잣말로

"콩밭에서 금을 딴다는 숭맥도 있담."

하고 빗대놓고 비아냥거린다.

"이년아 뭐."

남편은 대뜸 달려들며 그 볼치에다 다시 올찬 황밤을 주었다. 적으나

면(왠만하면) 계집이니 위로도 하여주련만 요건 분만 폭폭 질러놓으려나. 예이, 빌어먹을 거 이판사판이다.

"너허구 안 산다. 오늘루 가거라."

아내를 와락 떠다밀어 논둑에 제켜놓고 그 허구리를 발길로 퍽 질렀다. 아내는 입을 헉 하고 벌린다.

"네가 허라구 옆구리를 쿡쿡 찌를 제는 은제냐 요 집안 망할 년."

그리고 다시 퍽 질렀다. 연하여 또 퍽.

이 꼴들을 보니 수재는 조바심이 일었다. 저러다가 그 분풀이가 다시 제게로 슬그머니 옮아올 것을 지르채었다(눈치채었다). 인제 걸리면 죽는다. 그는 비슬비슬하다 어느 틈엔가 구덩이 속으로 시나브로 없어져버린다.

볕은 따사로운 가을 향취를 풍긴다. 주인을 잃고 콩은 무거운 열매를 둥글둥글 흙에 굴린다. 맞은쪽 산 밑에서 벼들을 베며 기뻐하는 농군의 노래.

"터졌네, 터져."

수재는 눈이 휘둥그렇게 굿문을 튀어나오며 소리를 친다. 손에는 흙 한 줌이 잔뜩 쥐였다.

"뭐."

하다가

"금줄 잡았어 금줄."

"으-ㅇ"

하고 외마디를 뒤남기자 영식이는 수재 앞으로 살같이 달려들었다. 허겁지겁 그 흙을 받아들고 샅샅이 헤쳐보니 딴은 재래에 보지 못하던 불그죽죽한 황토이었다. 그는 눈에 눈물이 핑 돌며

"이게 원줄인가."

"그럼. 이것이 곱색줄(광맥의 하나. 산화한 황화광물로 이루어진 붉은빛의 광맥이 길게 뻗쳐 박힌 줄)이라네. 한 포에 댓 돈씩은 넉넉 잡히되."

영식이는 기쁨보다 먼저 기가 탁 막혔다. 웃어야 옳을지 울어야 옳을지. 다만 입을 반쯤 벌린 채 수재의 얼굴만 멍하니 바라본다.

"이리 와 봐. 이게 금이래."

이윽고 남편은 아내를 부른다. 그리고 내 뭐랬어, 그러게 해보라구 그랬지 하고 설면설면(눈치를 보며 슬그머니) 덤벼오는 아내가 한결 어여뻤다. 그는 엄지가락으로 아내의 눈물을 지워주고 그리고 나서 껑충거리며 구덩이로 들어간다.

"그 흙 속에 금이 있지요."

영식이 처가 너무 기뻐서 코다리에 고래등 같은 집까지 연상할 제 수재는 시원스레

"네. 한 포대에 오십 원식 나와유."

하고 대답하고 오늘 밤에는 꼭 정녕코 꼭 달아나리라 생각하였다. 거짓말이란 오래 못 간다. 뽕이 나서 뼉다구도 못 추리기 전에 훨훨 벗어나는 게 상책이겠다.

이야기 따라잡기

영식은 콩밭 구덩이 속으로 들어가 금을 캐기 위해 곡괭이질을 한다. 콩밭 하나를 다 망쳐놓았는데도 금줄이 잡히지 않자, 영식은 수재를 탓하면서 노려본다. 지주와 마름이 콩밭을 파헤치지 말라고 위협하는데, 영식은 오늘까지만 해보겠다고 초조해하며 대답한다.

영식이 콩밭에서 금을 캐기 시작한 이유는 수재의 말 때문이었다. 수재는 산 넘어 큰 광산이 있는데, 그 금줄이 영식의 콩밭으로 이어져 있으니 콩밭에서 금을 캐자고 제안을 했던 것이다. 영식은 금 캐는 일이 잘 되면 좋지만 안 되면 신세를 망친다는 생각에 망설였다. 그런데 수재가 여러 번 권유를 하고, 영식의 아내마저 가난에서 벗어날 수 있다고 남편을 부추겼던 것이다.

영식은 금광에 대해 자기보다 잘 아는 수재의 말을 믿고 다시 콩밭을 파기 시작한다. 잘 자란 콩이 흙에 파묻히는 것을 보고 영식은 속이 상한다. 하지만 금이 나올 것을 기대하며 마음을 다시 잡는다. 동리의 노인들은 금 때문에 농군을 버렸으니 세상이 망하려는 징조라고 외친다. 수재는 금이 안 나오면 자기 목을 베라고 말할 정도로 자신감을 보이므로, 영식은 금 캐는 일을 계속한다.

  영식의 아내는 금을 못 찾고 풀이 죽어서 돌아오는 남편을 보고 실망을 한다. 영식은 산제를 지내려 하고, 아내는 양근댁에 가서 쌀을 꾸어 온다. 양근댁 남편은 금점에서 토록을 주워서 돈을 벌어 살림에 여유가 있다. 영식의 아내는 자기 남편이 변변치 못하다고 생각하며 한숨을 쉰다. 새벽에 콩밭에서 산제를 지내는데, 영식은 아내에게 부정 탄다고 뺨을 때리며 올라오지 못하게 한다. 아내는 남편이 금도 한 톨 못 캐면서 손버릇까지 나빠졌다고 남편을 원망한다.

  가을이 되어 마을의 농군들은 수확할 즐거움에 들떠 있지만, 영식은 여전히 금을 캐지 못하고 있다. 영식과 아내의 불화는 점점 커진다. 수재는 자기에게 탓이 돌아올까 두려워 금줄을 잡았다고 거짓말을 한다. 영식과 아내가 기뻐하는 동안, 수재는 오늘밤 꼭 도망을 쳐야겠다고 결심한다.

쉽게 읽고 이해하기

농업사회가 붕괴하는 조짐

「금 따는 콩밭」(『개벽』, 1935. 3)은 금광산업이 농업을 밀어내는 모습을 '영식'의 이야기를 통해 보여주고 있다. "시체는 금점이 판을 잡았다"면서 섣부르게 농사만 짓고 있다가 결국 비렁뱅이밖에는 되지 못한다는 아내의 판단, "금인가 난장을 맞을 건가 그것 때문에 농군은 버렸다. 이게 필연코 세상이 망하려는 징조이리라"라고 화를 내는 동리 노인의 말에서, 우리는 당시 사회의 변화를 읽어낼 수 있다.

금을 캐는 일이 일확천금을 꿈꾸는 허망한 것이라고 볼 수도 있다. 하지만 소설 속에서 산 넘어 광산에는 광부가 삼백여 명이나 있고 그들은 실제로 잘 먹고 잘 살고 있다. 마을의 양근네는 금점에서 나온 부스러기 광석을 모아서도 잘 살고 있다. 수재의 판단을 따른다면, 영식의 콩밭에서 금이 나올 수 있는 가능성과 현실성이 없지는 않지만 영식의 판단과 기대와 달리 소설의 결말은 영식에게 손을 들어주지 않는다.

전통적으로 우리 사회는 농업이 주였고, 근대 이후 새롭게 생겨난 산업은 1차 산업인 농업을 위협하였다. 시대의 흐름을 따라가는 일과 전통을 지키는 일은 늘 충돌의 여지가 있다. 예를 들어 황석영의 「삼포 가는 길」은 1970년대 한국의 산업의 변화가 사회와 사람을 어떻게 바꿔놓았는지를 보여준다. 건설노동자인 영달과 고향을 잃은 정씨는 산업화, 도시화의 희생자이며 '뿌리 뽑힌 자들'로 규정된다. 「금 따는 콩밭」의 영식과 수재도 같은 맥락에서 1930년대 금광업이 투기를 일으키면서 농촌으로 침투했던 사회의 변화를 잘 보여준다.

농사에 대한 미련과 금에 대한 욕심

영식은 금을 캐기로 결정했음에도 불구하고 계속하여 그 결정에 대해 회의한다. 금을 캐자는 일은 수재가 먼저 제안을 했고 아내가 부추겼지만 최종 결정은 영식이 하였다. 영식은 "딴은 일 년 고생하고 끽 콩 몇 섬 얻어먹느니보다는 금을 캐는 것이 슬기로운 짓이다.……이렇게 지지하게 살고 말 바에는 차라리 가로지나 세로지나 사내자식이 한 번 해볼 것이다."라고 판단한 것이다.

금이 나오지 않으니 영식은 수재와 아내를 노려보며 비난을 하는 한편, 잘못된 선택으로 함정에 빠진 자신을 탓하기 시작한다. 분노에 찬 생활, 병인같이 초췌한 모습, 아내를 때리는 일 등 영식은 점점 변해간다.

영식이 더욱 못 견디는 일은 자기 콩밭을 자기가 훼손하고 있다는 점이다. 자기의 본업인 농사를 버린 일이 마음에 걸리기 때문이다. 잘 자란 콩 포기를 포기하는 일은 "자식 죽는 걸 보는 게 낫지 차마 못할 경상이었다"는 말, 금을 캐다 말고 콩잎에 묻은 흙을 털어주는 행동 등은 영식이 농사에 대한 미련과 금에 대한 욕심 사이에서 갈팡질팡하는 마음을 잘 보여준다.

어리석은 자는 자기 마음을 혓바닥 위에 두고,
현명한 자는 자기의 혀를 마음속에 둔다.
— 윌리엄 셰익스피어(영국의 시인 겸 극작가, 1564~1616)

「두꺼비」(『시와 소설』, 1936. 3)는

김유정이 명창 박녹주를 짝사랑했던 이야기를

담은 자전적 작품으로,

주인공 학생에게 기생 옥화를

연결시켜주겠다고 사기를 치는

옥화의 오라비 두꺼비를 통해

짝사랑의 허무함을 보여준다.

두꺼비

나는 사실 놈이 필요한 데까지 이용당할 대로 다 당하였다.

등장인물

나 학생이며 기생 옥화를 짝사랑한다. 옥화의 오라비인 두꺼비를 통해 옥화에게 접근하려 공을 들였으나 두꺼비에게 속고 만다.

옥화 두꺼비의 누님이며 기생. 나에게 아무런 관심이 없다. 잘 나가는 기생으로 기르기 위해 수양딸로 들인 채선을 오빠가 망쳐놓아 속상해한다.

두꺼비 '나'를 옥화와 연결시켜 주겠다고 사기를 친다. 채선과 좋아하다가 약을 먹고 소동을 부리는 등 집안에서 말썽꾼이다.

두꺼비

두꺼비가 집으로 오라고 하다

　내가 학교에 다니는 것은 혹 시험 전날 밤새는 맛에 들렸는지 모른다. 내일이 영어시험이므로 그렇다고 하룻밤에 다 안다는 수도 없고 시험에 날 듯한 놈 몇 대문 새겨나 볼까, 하는 생각으로 책술(책갈피)을 뒤지고(들척이고) 있을 때 절컥, 하고 바깥벽에 자행거(자전거) 세워놓는 소리가 난다. 그리고 행길로 난 유리창을 두드리며, 이상, 하는 것이다. 밤중에 웬 놈인가 하고 찌뿌둥히 고리를 따보니 캡을 모로 눌러붙인 두꺼비눈이 아닌가. 또 무얼, 하고 좀 떠름했으나 그래도 한 달포 만에 만나니 우선 반갑다.
　손을 내밀어 악수를 하고 어서 들어오슈, 하니까 바빠서 그럴 여유가 없다 하고 오늘 의논할 이야기가 있으니 한 시간쯤 뒤에 저의 집으로 꼭 좀 와주십시오, 한다. 그뿐으로 내가 무슨 의논일까, 해서 얼떨떨할 사이도 없이 허둥지둥 자전거종을 울리며 골목 밖으로 사라진다. 궐련 하나를 피워도 멋만 찾는 이놈이 자전거를 타고 나를 찾아왔을 때에는 일도 어지간히 급한 모양이나 그러나 제 말이면 으레 복종할 걸로 알고 나의 대답도 기다리기 전에 달아나는 건 썩 불쾌하였다. 이것은 놈이 아직도 나에게 대하여 기생 오라비로서의 특권을 가지려는 것이 분명하다.

나는 두꺼비의 누이인 기생 옥화를 짝사랑한다

나는 사실 놈이 필요한 데까지 이용당할 대로 다 당하였다. 더는 싫다, 생각하고 애꿎은 창문을 딱 닫은 다음 다시 앉아서 책을 뒤지자니 속이 부걱부걱 고인다. 하지만 실상 생각하면 놈만 탓할 것도 아니요, 어디 사람이 동이 났다고 거리에서 한 번 흘깃 스쳐본, 그나마 잘 났으면이어니와, 쭈그렁 밤송이 같은 기생에게 정신이 팔린 나도 나렸다. 그것도 서로 눈이 맞아서 들떴다면이야 누가 뭐래랴마는 저쪽에선 나의 존재를 그리 대단히 여겨주지 않으려는데 나만 몸이 달아서 답장 못 받는 엽서를 매일같이 석 달 동안 썼다.

하니까 놈이 이 기미를 알고 나를 찾아와 인사를 떡 붙이고는 하는 소리가 기생을 사랑하려면 그 오라비부터 잘 얼러야 된다는 것을 명백히 설명하고 또 그리고 옥화가 저의 누이지만 제 말이면 대개 들을 것이니 그건 안심하라 한다. 나도 옳게 여기고 그 다음부터 학비가 올라오면 상전같이 놈을 모시고 다니며 뒤치다꺼리하기에 볼일을 못 본다. 이게 버릇이 돼서 툭하면 놈이 찾아와서 산보나 가자고 끌어내서는 극장으로 카페로 혹은 저 좋아하는 기생집으로 데리고 다니며 밤을 패기(새기)가

일쑤다. 물론 그 비용은 성냥 사는 일 전까지 내가 내야 되니까 얼뜬 보기에 누가 데리고 다니는 건지 영문 모른다. 게다 즈(제) 누님의 답장을 얻어올 테니 한 번 보라고 연일 장담은 하면서도 나의 편지만 가져가고는 꿩 구워 먹은 소식이다. 편지도 우편보다는 그 동생에게 전하니까 마음에 좀 든든할 뿐이지 사실 바로 가는지 혹은 공동변소에서 콧노래로 뒤지(밑씻개로 쓰는 종이)가 되는지 그것도 자세히 모른다.

두꺼비가 누이와 나를 연결시켜주겠다고 하다

하루는 놈이 찾아와서 방바닥에 가 벌룽 자빠져 콧노래를 하다가 무얼 생각했음인지 다시 벌떡 일어나 앉는다. 올릉한(둥글넓적한) 낯짝에 그 두꺼비눈을 한 서너 번 끔뻑거리다가 나에게 훈계가, 너는 학생이라서 아직 화류계를 모른다. 멀리 앉아서 편지만 자꾸 띄우면 그게 뭐냐고 톡톡히 나무라더니 기생은 여학생과 달라서 그저 맞붙잡고 주물러야 정을 쏟는데, 하고 사정이 딱한 듯이 입맛을 다신다.

첫사랑이 무언지 무던히 후려 맞은 몸이라 나는 귀가 번쩍 띄어 그럼 어떻게 좋은 도리가 없을까요, 하고 다가서서 물어보니까 잠시 입을 다물고 주저하더니 그럼 내 직접 인사를 시켜줄 테니 우선 누님 마음에 드는 걸로 한 이삼십 원어치 선물을 하슈, 화류계 사랑이란 돈이 좀 듭니다, 하고 전일 기생을 사랑하던 저의 체험담을 좍 이야기한다. 딴은 먹이는 데 싫달 계집은 없으려니, 깨닫고 나의 정성을 눈앞에 보이기 위하여 놈을 데리고 다니며 친구에게 돈을 구걸한다, 양복을 잡힌다, 하여

덩어리 돈을 만들어서는 우선 백화점에 들어가 같이 점심을 먹고 나오는 길에 사십이 원짜리 순금 트레 반지(나선 모양으로 틀어서 만든 반지)를 놈의 의견대로 사서 부디 잘 해달라고 놈에게 들려 보냈다.

그리고 약속대로 그 이튿날 밤이 늦어서 찾아가니 놈이 자다 나왔는지 눈을 비비며 탐탁치가 못하다. 반지를 전하다 퇴짜나 맞지 않았나 하고 속으로 조를 비비며(속으로 조바심하며) 앉았으니까 놈이 거기에 관하여 일절 말 없고 딴통같이(전혀 엉뚱하게) 앨범 하나를 꺼내어 여러 기생의 사진을 보여주며 객쩍은(말이나 하는 짓이 실없고 싱거운) 소리를 한참 지껄이더니 우리 누님이 이씨가 오시길 여태 기다리다가 방금 노름하러 나갔습니다, 내일은 오늘보다 좀 일찍 오세요, 하고 주먹으로 하품을 막는 것이다. 조금 일찍 왔으면 좋을 것을 안 됐다, 생각하고 그럼 반지를 전하니까 뭐라더냐 하니까 누이가 퍽 기뻐하며 그 말이 초면 인사도 없이 선물을 받는 것은 실례되는 일이기에 직접 만나면 돌려보내겠다 하더란다.

이만하면 일은 잘 얼렸구나, 안심하고 하숙으로 돌아오며 생각해보니 반지를 돌려보낸다면 나는 언턱거리(남에게 무턱대고 억지로 떼를 쓸 만한 핑계. 턱거리)를 아주 잃을 터이라 될 수 있다면 만나지 말고 편지로만 나에게 마음이 통하도록 하는 것도 좋겠지만 그래도 옥화가 실례라고 생각할 만치 그만치 나에게 관심을 가졌음에도 그 다음은 내가 가서 붙잡고 조르기에 달렸다. 궁리한 것도 무리는 아닐 것이다. 마는 그 다음 날 약속한 시간을 일찍이 찾아가니 놈은 여전히 귀찮은 하품을 터뜨리며 좀 더 일찍이 오라 하고, 또 고 담날 찾아가니 역시 좀 더 일찍이 오라 하고, 이렇게 연 나흘을 했을 때에는 놈이 괜스레 제가 골을 내고 불안스럽게 굴므로 내 자신 너무 우습게 대접을 받는 것도 같고 아니꼬워 망할 자식 이제 너와 안 놀겠다 결심하고 부리나케 하숙으로 돌아와 이불 전에 눈물을 닦으며 지나온 지 달포나 된 오늘날 의논이 무슨 의논일까.

나는 두꺼비 집에서 옥화를 볼 생각에 마음이 설레다

시험은 급하고 과정 낙제나 면할까 하여 눈을 까뒤집고 책을 뒤지자니 그렇게 똑똑하던 글자가 어느덧 먹줄로 변하니 글렀고, 게다 아련히 나타나는 옥화의 얼굴을 보면 볼수록 속만 탈 뿐이다. 몇 번 고개를 흔들어 정신을 바로잡아 가지고 들여다보나 아무 효과가 없음에는 이건 공부가 아니라, 생각하고 한구석으로 책을 내던진 뒤 일어서서 들창을 열어놓고 개운한 공기를 마셔본다. 저 건너 서양집 위층에서는 붉은 빛이 흘러나오고 어디선지 울려드는 가냘픈 육자배기(잡가의 하나로, 남도 지방에서 널리 불리는데, 곡조가 활발함), 그러자 문득 생각나느니 계집이란 때없이 잘 느끼는 동물이다. 어쩌면 옥화가 그동안 매일같이 띄운 나의 편지에 정이 돌아서 한 번 만나고자 불렀는지 모르고 혹은 놈이 나에게 끼친 실례를 깨닫고 전일의 약속을 이행하고자 오랬는지도 모른다.

하여튼 양단간에 한 시간 후라고 시간까지 지정하고 갔을 때에는 되도록 나에게 좋은 기회를 주려는 게 틀림이 없고 이렇게 내가 옥화를 얻는다면 학교쯤은 내일 집어치워도 좋다 생각하고, 외투와 더불어 허룽허룽(말이나 하는 짓이 차분하지 않고 들떠서 가볍게 행동하는 모양) 거리로 나선다. 광화문통 큰 거리에는 목덜미로 스며드는 싸늘한 바람이 가을도 이미 늦었고 청진동 어귀로 꼽아들어 길 옆 이발소를 들여다보니 여덟 시 사십오 분, 한 시간이 되려면 아직도 이십 분이 남았다. 전봇대에 기대어 궐련 하나를 피우고 나서 그래도 시간이 남으매 군밤 몇 개를 사서 들고는 이 분에 하나씩 씹기로 하고 서성거리자니 대체 오늘 일이 하회(下回, 윗사람이 아랫사람에 주는 회답)가 어떻게 되려는가, 성화도 나고 계집에게 첫인사를 하는데 뭐라 해야 좋을는지, 그러나 저에게 대한 내 열정의 총량만 보여주면 그만이니까 만일 네가 나와 살아준다면, 그리고 네가 원한다면 내 너를 등에 업고 백 리를 가겠다, 이렇게 다짐을 두면 그뿐일 듯도 싶다.

그 외에는 아버지가 보내주는 흙 묻은 돈으로 근근이 공부하는 나에게 별 도리가 없고, 아, 아, 이런 때 아버지가 돈 한 뭉텅이 소포로 부쳐줄 수 있으면, 하고 한탄이 절로 날 때 국숫집 시계가 늙은 소리로 아홉 시를 울린다. 지금쯤은 가도 되려니, 하고 옆골목으로 들어섰으나 옥화의 집 대문 앞에 딱 발을 멈출 때에는 까닭 없이 가슴이 두근거리고 그것도 좋으련만 목청을 가다듬어 두꺼비의 이름을 불러도 대답은 어디 갔는지 안채에서 계집 사내가 영문 모를 소리로 악장만 칠 뿐이요 그대로 난장판이다.

두꺼비의 집에 난리가 나다

이게 웬일일까 얼떨하여 떨리는 음성으로 두서너 번 불러보니 그제야 문이 삐걱 열리고 풍풍한 안잠자기(가정부)가 나를 쳐다보고 누구를 찾느냐 하기에 두꺼비를 보러 왔다 하니까 뾰족한 입으로 중문간 방을 가리키며 행주치마로 코를 쓱 씻는 양이 긴치(중요치) 않다는 표정이다. 전일 같으면 내가 저에게 편지를 전해달라고 폐를 끼치는 일이 한두 번 아니라서 저를 만나면 담뱃값으로 몇 푼씩 집어주므로 저도 나를 늘 반기는 터이련만 왜 이리 기색이 틀렸는가. 오늘밤 일도 아마 헛물켜나 보다.

 그러나 우선 툇마루로 올라서서 방문을 쓱 열어보니 설혹 갔다 치더라도 그 소란통에 놀라 깨기도 했으련만 두꺼비가 마치 떡메로 얻어맞은 놈처럼 방 한복판에 푹 엎으러져 고개 하나 들 줄 모른다. 사람은 불러놓고 이게 무슨 경운가 싶어서 눈살을 찌푸리려다 강형 어디 편찮으슈, 하고 좋은 목소리로 그 어깨를 흔들어보아도 눈 하나 뜰 줄 모르니 이놈은 참 암만해도 알 수 없는 인물이다. 혹 내 일을 잘되게 돌보아주다가 집안에 분란이 일고 그 끝에 이렇게 되지나 않았나 생각하면 못 할 바도 아니려니와 그렇다 하더라도 두꺼비 등 뒤에 똑같은 모양으로 엎으러졌는 채선이의 꼴을 보면 어떻게 추측해볼 길이 없다.

 누님이 수양딸로 사다가 가무를 가르치며 부려먹는다던 이 채선이가 자정도 되기 전에 제법 방바닥에 엎드렸을 리도 없겠고, 더구나 처음에는 몰랐던 것이나 두 사람의 입 코에서 멀건 콧물과 게거품이 뺨 밑으로 검흐르는(액체가 그릇에 넘어 흐르는) 걸 본다면 웬만한 장난은 아닐 듯싶다. 머리끝이 쭈뼛하도록 나는 겁을 집어먹고 이 머리를 흔들어보고 저 머리를 흔들어보고 이렇게 눈이 둥그랬을 때 별안간 미닫이가 딱, 하더니 필연 옥화의 어머니리라. 얼굴 강총한(짧은) 늙은이가 표독스레 들어온다. 그 옆에 장승같이 섰는 나에게는 시선도 돌리려지 않고 두꺼비 앞에가 팔삭(맥없이 주저앉은 모양) 앉아서는 도끼눈을 뜨고 대뜸 들고 들어온 장죽통(긴 담뱃대)으로 그 머리를 후려갈기니 팡, 하고 그 소리에 내 등이 다 선뜻하다.

배지(배)가 터져 죽을 이 망할 자식, 집안을 이렇게 망해놓니, 죽을 테면 죽어라, 어서 죽어 이 자식. 이렇게 독살에 숨이 차도록 두 손으로 그 등허리를 대고 꼬집어 뜯더니 그래도 꼼짝 않는 데는 할 수 없는지 결국 이 자식 너 잡아먹고 나 죽는다 하고 목청이 찢어지게 발악을 치며 귓배기를 물어뜯고자 매섭게 덤벼든다.

그러니 옆에 섰는 나도 덤벼들어 뜯어말리지 않을 수 없고 늙은이의 근력도 얕볼 게 아니라고 비로소 깨달았을 만치 이걸 붙잡고 한참 싱갱이(승강이)를 할 즈음, 그 자식 죽여버리지 그냥 둬? 하고 천둥 같은 호령을 하며 이번에는 늙은 마가목(능금나무에 딸린 큰키나무. 멋없이 키만 큰 사람을 비유)이 마치 저와 같이 생긴 투박한 장작개비 하나를 들고 신발째 방으로 뛰어든다. 그 서두르는 폼이 가만 두면 사람 몇쯤은 넉넉히 잡아놓을 듯하므로, 이런 때에는 어머니가 말리는 법인지는 모르나 내가 고대 붙들고 힐난을 하던 안늙은이가 기급을 하여 일어나서는 영감 참으슈, 영감 참으슈, 연신 이렇게 달래며 허겁지겁 밖으로 끌고 나가기에 좋이 골도 빠진다. 마가목은 끌리는 대로 중문 안으로 들어가며 이 자식아 몇째냐, 벌써 일곱째 이래 놓질 않았니 이 주릴 할 자식, 하고 씨근벌떡하더니 안대청에서 뭐라고 주책없이 게걸거리며 발을 구르며 이렇게 집안을 떠엎는다.

가만히 눈치를 살펴보니 내가 오기 전에도 몇 번 이런 북새가 인 듯싶고 암만하여도 나 자신이 헐없이(영락없이) 도깨비에게 홀린 듯싶어서 손을 꽂고 멀뚱히 섰노라니까 빼꼼히 열린 미닫이 틈으로 살집 좋고 허여멀건 안잠자기의 얼굴이 남실거린다.

서로 좋아하는 두꺼비와 채선이 약을 먹다

대관절 웬 속셈인지 좀 알고자 미닫이를 열고는 그 어깨를 넌지시 꾹 찍어가지고 대문 밖으로 나와서 이게 어떻게 되는 일이냐고 물으니 이 망할 게 콧등만 찌끗할 뿐으로 전 흥미가 없단 듯이 고개를 돌려버리는 게 아닌가. 몇 번 물어도 입이 잘 안 떨어지므로 등을 뚜덕여주며 그 입에다 궐련 하나 피워 물리지 않을 수 없고, 그제야 녀석이 죽는다고 독약을 먹었지 뭘 그러슈, 하고 퉁명스레 봉을 떼자 나는 넌덕스러운(능청맞게 너스레를 떠는 태도가 있는) 그의 소행을 아는지라 왜, 하고 성급히 그 뒤를 재우쳤다.

잠시 입을 삐죽이 내밀고 세상 다 더럽단 듯이 삐쭉거리더니 은근히 하는 그 말이 두꺼비놈이 제 수양조카딸을 어느 틈엔가 꿰차고 돌아치므로 옥화가 이것을 알고는 눈에 쌍심지가 올라서 망할 자식, 나가 빌어나 먹으라고 방추(방망이)로 뚜들겨 내쫓았으니 둘이 못 살면 차라리 죽는다고 저렇게 약을 먹은 것이라 하고, 에이 자식두 어디 없어서 그래 수양조카딸을, 하기에 이왕 그런 걸 어떡하우, 그대로 결혼이나 시켜주지, 하니까 그게 무슨 말씀이유, 하고 바로 제 일같이 펄쩍 뛰더니 채선

이년의 몸뚱이가 인제 앞으로 몇천 원이 될지 몇만 원이 될지 모르는 금덩이 같은 계집앤데 원, 하고 넉살을 부리다가 잠깐 침으로 목을 축이고 나서 그리고 또 일곱째야요, 모처럼 수양딸을 데려오면 놈이 꾀꾀리(틈을 타서 넌지시) 주물러서 버려놓고 버려놓고 하기를 이렇게 일곱, 하고 내 코밑에다 두 손을 들이대고 똑똑히 일곱 손가락을 펴뵈는 것이다.

그럼 무슨 약을 먹었느냐고 물으니까 그건 확실히 모르겠다 하고 아까 힁하게 자전거를 타고 나가더니 아마 어디서 약을 사가지고 와 둘이 얼러먹고서 저렇게 자빠진 듯하다고. 그러다 내가 저게 정말 죽지나 않을까 겁을 집어먹고 사람의 수액(운수에 관한 재액)이란 알 수 없는데, 하니까 뭘이요, 먹긴 좀 먹은 듯하나 그러나 원체 알깍쟁이가 돼서 죽지 않을 만큼 먹었을 테니까 염려 없어요, 하고 아닌 밤중에 두들겨 깨워서 우동을 사오너라, 호떡을 사오너라, 하고 펄쩍나게 부려먹고 쓴 담배 하나 먹어 보라는 법 없는 조 녀석이라고 오라지게 욕을 퍼붓는다.

나는 모두가 꿈을 보는 것 같고 어릿광대 같은 자신을 깨달았을 때 하도 어처구니가 없어서 벙벙히 섰다가, 선생님 누굴 만나러 오셨소, 하고 대견히 묻기에 나도 펴놓고 옥화를 좀 만나볼까 해서 왔다니까 흥, 하고 콧등으로 한 번 웃더니 응 저희끼리 붙어먹는 그거 말씀이유, 이렇게 비웃으며 내 허구리를 쿡 찌르고 그리고 곁눈을 슬쩍 흘리고 어깨를 맞부비며 대드는 양이 바로 느물러(언행을 음흉하게 하려) 든다. 사람이 볼까 봐 내가 창피해서 쓰레기통께로 물러서니까 저도 무색한지 시무룩하여 노려만 보다가 다시 내 옆으로 다가서서는 제 뺨따귀를 손으로 잡아다녀 보이며 이래봬도 이팔청춘에 한창 피인 살집이야요, 하고 또 넉살을 부리다가 거기에 아무 대답도 없으매 이 망할 것이 내 궁뎅이를 꼬집고 제 얼굴이 뭐가 옥화년만 못하냐고 은근히 훅닥이며 대든다.

그러나 나는 너보다는 말라깽이라도 그래도 옥화가 좋다는 것을 명백히 알려주기 위하여 무언으로 땅에다 침 한 번을 탁 뱉어 던지고 대문으로 들어서려 하니까 이게 소맷자락을 잡아당기며 선생님 저 담배 하나만 더 주세요. 나는 또 느물려컸구나(능글맞구나), 생각은 했으나 성이 가셔서 갑째로 내주고 방에 들어와 보니 아까와 그 풍경이 조금도 다름없고 안에서는 여전히 동이 깨지는 소리로 게걸게걸 떠들어댄다.

옥화가 나를 처음 보는 사람 취급하다

한 시간 후에 꼭 좀 오라던 놈의 행실을 생각하면 괘씸은 하나 체모에 몰리어 두꺼비의 머리를 흔들며 강형, 정신을 좀 차리슈, 하여도 꼼짝 않더니 약 한 시간 반 가량 지남에 어깨를 우찔렁거리며(움찔거리며) 아이구 죽겠네, 아이구 죽겠네, 연해 소리를 지르며 입 코로 먹은 음식을 울컥울컥 돌라놓는다.

이놈이 먹기는 좀 먹었구나, 생각하고 등허리를 두드려주고 있노라니 얼마 뒤에는 윗목에서 채선이가 마저 똑같은 신음 소리로 똑같이 돌르고 있는 것이 아닌가. 이렇게 되면 나는 저들 치다꺼리하러 온 것도 아니겠고 너무 뱃이 상해서 한구석에 서서 담배만 뻑뻑 피우고 있자니 또 미닫이가 우람스레 열리고 이번에는 나들이옷을 입은 채 옥화가 들어온다. 아마 노름을 나갔다가 이 급보를 받고 달려온 듯싶고 하도 그러던 차라 나는 복장이 두근거리어 나도 모르게 한 걸음 앞으로 나갔으나 그는 나에게 관하여는 일체 본 척도 없다.

그리고 정분이란 어디다 정해놓고 나는 것도 아니련만 앙칼스러운 음성으로, 이놈아 어디 계집이 없어서 조카딸하고 정분이 나, 하고 발길로 두꺼비의 허구리를 활발히 퍽 지르고 나서 돌아서더니 이번에는 채선이의 머리채를 휘어잡는다. 이년 가랑머릴 찢어놀 년, 하고 그 머리채를 들었다가 놓았다 몇 번 그러니 제물 콧방아에 코피가 흐르는 것은 보기에 좀 심한 듯싶고 얼김에 달려들어 강선생 좀 참으십시오, 하고 그 손을 꽉 잡으니까 대뜸 당신은 누구요, 하고 눈을 똑바로 뜬다. 뭐라 대답해야 좋을지 잠시 어리둥절하다가 이내 제가 이경홉니다, 하고 나의 정체를 밝히니까 그는 단 마디로 저리 비키우, 당신은 참석할 자리가 아니요, 하고 내 손을 털고 눈을 흘기는 그 모양이 반지를 받고 실례롭다 생각한 사람커녕 정성스레 띄운 나의 편지도 제법 똑바로 읽어준 사람이 아니다.

나는 그만 가슴이 섬뜩하여 뒤로 넋없이 바라만 보며 딴은 돈이 중하구나, 깨닫고 금덩어리 같은 몸뚱이를 망쳐논 채선이가 저렇게까지도 미울 것도 같으나, 그러나 그 큰 이유는 그 담 일 년이 썩 지난 뒤에야 안 거지만 어느 날 신문에 옥화의 자살미수의 보도가 났고 그 까닭은 실연이라 해서 보기 숭굴숭굴한(읽을 만할 정도로 너그러운) 기사였다. 마는, 그 속살을 가만히 들여다보면 그렇게 간단한 실연이 아니었고 어떤 부자놈과 배가 맞아서 한창 세월이 좋을 때 이놈이 그만 트림을 하고 버듬히 나둥그러지므로 계집이 나는 너와 못 살면 죽는다고 엄포로 약을 먹고 다시 물어들인 풍파이었던 바 그때 내가 병원으로 문병을 가보니 독약을 먹었는지 보제(보약)를 먹었는지 분간을 못하도록 깨끗한 침대에 누워 발장단으로 담배를 피우는 그 손등에 살의 윤책(윤택)이 반드르하였다. 그렇게 최후의 비상수단으로 써먹는 그 신성한 비결을 이런 누추한 행랑방에서 함부로 내굴리는 채선이의 소위를 생각하면 콧방아는 말고 빨고 있던 궐련불로 그 등허리를 지진 그것도 무리는 아닐 것이다.

두꺼비는 집에서 개밥의 도토리 신세다

그렇다 하더라도 자정이 썩 지나서 얼만치나 속이 볶이는지는 모르나 채선이가 앙가슴을 두 손으로 쥐뜯으며 입으로 피를 돌림에는 옥화는 허둥지둥 신발째 드나들며 일변 저의 부모를 부른다, 어멈을 시키어 인력거를 부른다, 이렇게 눈코 뜰 새 없이 들몰아서는 온 집안 식구가 병원으로 달려가기에 바빴다.

그나마 참례 못 가는 두꺼비는 빈 방에서 개밥의 도토리로 끙끙거리고. 그 꼴을 봐하니 가여운 생각이 안 나는 것도 아니다. 그러나 저의 집에서는 개돼지만도 못하게 여기는 이놈이 제 말이면 누이가 끔뻑한다고 속인 것을 생각하면 곧 분하고, 나는 내 분에 못 이겨 속으로 개자식 그렇게 속인담, 하고 손등으로 눈물을 지우고 섰노라니까 여태껏 말 한 마디 없던 이놈이 고개를 쓰윽 들더니 이상, 의사 좀 불러주슈, 하고 슬픈 낯을 하는 것이다. 신음하는 폼이 괴롭기도 어지간히 괴로운 모양이나 그보다도 외따로 떨어져서 천대를 받는 데 좀 야속하였음인지 잔뜩 우그린 그 울상을 보니 나도 동정이 안 가는 것은 아니다마는 그러나 내 생각에 두꺼비는 독약을 한 섬을 먹는대도 자살까지는 걱정 없다고 짐작도 하였고 또 한편 저의 부모, 누이가 가만 있는 데는 내가 어쭙지않게 의사를 불러 댔다간 큰 코를 다칠 듯도 하고 해서 어정쩡하게 코대답(콧소리로 '응' 하고 건성으로 하는 대답)만 해주고 그대로 섰지 않을 수 없다. 한 서너 번 그렇게 애원하여도 그냥만 섰으니까 나중에는 이놈이 또 골을 벌컥 내가지고 그리고 이건 얻다 쓰는 버릇인지 너는 소용없단 듯이 내흔들며 가거라 가, 가, 하고 제법 해라로 혼동을 하는 데는 나는 그만 얼떨떨해서 간신히 눈만 끔뻑일 뿐이다.

  잘 따져보면 내가 제 손을 붙들고 눈물을 흘려가면서 누이와 좀 만나게 해달라고 애걸을 하였을 때 나의 처신은 있는 대로 다 잃은 듯도 싶으나 그 언제이던가 놈이 양돼지같이 뚱뚱한 그리고 알몸으로 찍은 제 사진 한 장을 내보이며 이래봬도 한때는 다아, 하고 슬그머니 뻐기던 그것과 겹쳐서 생각하면 놈의 행실이 번이 꿀적찜분한(꺼림칙한) 것은 넉히 알 수 있다. 입때(여태)까지 있는 것도 한갓 저 때문인데 가라면 못 갈 줄 아냐, 싶어서 나도 약이 좀 올랐으나 그렇다고 덜렁덜렁 그대로 나오기는 어렵고, 생각다 끝에 모자를 엉거주춤히 잡자 의사를 부르러 가는 듯 뒤를 보러 가는 듯 그 새중간을 채리고 비슬비슬 대문 밖으로 나오니 망할 자식 이젠 정말 너희하곤 안 논다, 하고 마치 호랑이 굴에서 놓인 몸같이 두 어깨가 아주 거뜬하다.

옥화가 늙어서 나에게 올 때까지 기다리겠다고 생각하다

밤 깊은 거리에 인적은 벌써 끊겼고 쓸쓸한 골목을 휘몰아 황급히 나오려 할 때 옆으로 뚫린 다른 골목에서 기껍지 않게, 선생님, 하고 걸음을 방해한다. 주무시고 가지 벌써 가슈, 하고 엇먹는 거기에는 대답 않고 어떻게 됐느냐고 물으니까 뭘 호강이지 제깐년이 그렇잖으면 병원엘 가보, 하고 내던지는 소리를 하더니, 시방 약을 먹이고 물을 집어넣고 이렇게 법석들이라 하고 저는 지금 집을 보러 가는 길인데 우리 빈 집이니 같이 가십시다, 하고 망할 게 내 팔을 잡아끄는 것이다. 내가 모조리 처신을 잃었나, 생각하는데 제물에 화가 나서 그 손을 홱 뿌리치니 이게 재미있단 듯이 한 번 방끗 웃고, 그러나 팔꿈치로 나의 허리를 쿡 찌르고 나서 사람 괄세 이렇게 하는 것이 아니라고 괜스레 성을 내며 토라진다.

그래도 제가 아쉬운지 슬쩍 눙치어(좋은 말로 풀어서 마음이 누그러지게 하여) 허리춤에서 아까 내가 준 담배를 꺼내어 제 입으로 한 개를 피워주고는 그리고 그 잔소리가, 선생님을 뚝 꺾어서 당신이라 부르며, 옥화가 당신을 좋아할 줄 아우, 발새에 끼인 때만도 못하게 여겨요, 하고 나의 비위를 긁어놓고 나서 편지나 잘 받아봤으면 좋지만 그것도 체부(우체부)가 가져오는 대로 무슨 편지구 간 두꺼비가 먼저 받아보고는 치고 치고 하는 것이네 왜 정신을 못 차리고 이렇게 병신짓이냐고, 입을 내대고 분명히 빈정거린다.

그렇다치면 내가 입때 옥화에게 한 것이 아니라 결국은 두꺼비한테 사랑 편지를 썼구나, 하고 비로소 깨달으니 아무것도 더 듣고 싶지 않아서 발길을 돌리려니까 이게 꽉 붙잡고 내 손에 끼인 먹던 궐련을 쑥 뽑아 제 입으로 가져가며 언제 한 번 찾아갈 테니 노하지 않을 테냐, 묻는 것이다. 저분저분히(부드럽고 찬찬히) 구는 것이 너무 성이 가셔서 대답 대신 주머니에 남았던 돈 삼십 전을 꺼내주며 담뱃값이나 하라니까 또 골을 발끈 내더니 돈을 도로 내 양복 주머니에 치뜨리고 다시 조련질(못되게 굴어 남을 괴롭힘)을 하기 시작하는 것이 아닌가. 이에 그럼 맘대로 해라, 싶어서 그럼 꼭 한 번 오우 내 기다리다, 하고 좋도록 떼놓은 다음 골목 밖으로 부리나케 나와보니 목노집(목로주점, 널빤지로 좁고 길게 만든 상을 차려놓고 술을 파는 집) 시계는 한 점이 훨씬 넘었다.

 나는 얼빠진 등신처럼 정신없이 내려오다가 그러자 선뜩 잡히는 생각이 기생이 늙으면 갈 데가 없을 것이다. 지금은 본 체도 안 하나 옥화도 늙는다면 내게밖에는 갈 데가 없으려니, 하고 조금 안심하고 늙어라, 늙어라, 하다가 뒤를 이어 영어, 영어, 영어 하고 나오나 그러나 내일 볼 영어 시험도 곧 나의 연애의 연장일 것만 같아서 에라 될 대로 되겠지, 하고 집어치우고는 퀭한 광화문통 큰 거리 한복판을 내려오며 늙어라, 늙어라, 고 만물이 늙기만 마음껏 기다린다.

이야기 따라잡기

　학생인 '나'는 기생인 옥화를 짝사랑한다. 영어 시험 전날 두꺼비가 찾아와 한 시간쯤 뒤에 자기 집으로 오라고 한다. 두꺼비는 기생 옥화의 동생으로 누님이 자기 말을 잘 들으니, 자기가 중간에서 '나'를 연결시켜주겠다고 말해왔다. 어떻게든 옥화에게 접근하려 했던 '나'는 두꺼비의 말을 믿는다. 친구에게 돈을 빌려 비싼 트레 반지를 사고 편지까지 써서 두꺼비에게 전한 지 석 달이 지났지만 아무 소식도 없었다. 그런데 그가 의논할 게 있다고 찾아온 것이다. '나'는 두꺼비의 집으로 가서 옥화를 만날 기대를 한다.

　그런데 가는 날이 장날이라고, 그 집에 가보니 두꺼비와 채선이 약을 먹고 엎어져 있고, 옥화의 어머니가 악을 쓰며 두꺼비를 꼬집어 뜯는다. 채선은 옥화가 비싼 기생으로 기르려고 데려온 수양딸이다. 그런데 오라비가 채선과 좋아 지내자 옥화가 이 사실을 알고 두꺼비를 내쫓으려

했고, 둘이 함께 살지 못한다면 죽어 버리겠다고 약을 먹은 것이다. 이런 일을 저지르고 누워 있는 두꺼비를 지켜보고 있던 '나'는, 나들이에서 돌아온 옥화와 만난다. 그런데 옥화는 '나'를 알아보지 못하고 무시한다. '나'는 석 달 내내 써서 보낸 편지와 트레 반지를 두꺼비가 중간에서 가로채고 옥화에게 전하지 않은 것을 알게 된다.

옥화의 자살미수가 후에 신문기사로 보도된다. 그때의 원인은 실연이었다. 옥화는 어떤 부자와 한참 잘 지내다가 함께 못 살면 죽겠다고 약을 먹어 병원에 입원했다. '나'는 병원에 문병을 가서 옥화가 약을 먹었는지 보약을 먹었는지 반드르하게 침대에 있는 모습을 본다. 자살미수는 최후의 신성한 비상수단인데, 기생으로 키우려고 아껴온 채선이 함부로 몸을 내굴렸으니, '나'는 옥화가 화를 낼 만도 하다고 생각한다.

채선은 병원으로 실려갔지만, 두꺼비는 빈 방에서 끙끙거리고 있다. '나'는 두꺼비가 집안에서 개밥의 도토리 신세인 것을 확인한다. 두꺼비가 불쌍해보이다가도, 그동안 누이의 환심을 사주겠다고 속였던 것을 생각하면 '나'는 분한 마음이 든다.

'나'는 의사를 불러달라는 두꺼비의 말을 무시하고 옥화의 집을 나선다. '나'는 옥화가 지금은 본 체도 안 하지만 옥화도 늙는다면 내게밖에는 올 데가 없을 것이라고 스스로 위로한다.

쉽게 읽고 이해하기

자전적 소설, 기생과의 사랑

「두꺼비」(『시와 소설』, 1936. 3)는 작가 김유정이 명창이자 명기로 이름을 날렸던 박녹주(朴綠珠, 1905~1979)와의 관계를 작품화한 자전적 소설이다. 당시 김유정은 학생 신분으로 박녹주를 사모했는데, 박녹주는 학생과 연애를 할 수 없다고 했고 이미 남의 소실이 되어 있었다. 김유정은 광적인 사랑에 빠져 밤마다 연서를 보내며 애를 태웠다고 한다.

소설에서 김유정은 주인공 학생으로, 박녹주는 기생 옥화로 설정되어 있다. 주인공은 기생을 짝사랑한다. 영어 시험 전날이라 열심히 공부를 해야 하는데도 옥화에 대한 사랑이 '나'를 지배한다. 옥화의 오라비를 통해 편지와 반지 등 자기의 마음을 옥화에게 전하려 했던 일이 실패하고, 직접 옥화를 만나보니 옥화는 나에게 아무런 관심이 없다. 옥화는 돈 많은 부자에 관심이 있다. 그런데도 '나'는 옥화가 늙어서 갈 데가 없으면 자기에게 올 것이라고 스스로를 위로한다.

기생은 예인(藝人)이자 남성들이 공유하는 여성이라는 특징을 갖고 있다. 기생 문화가 존재했던 일제강점기에 남성작가들이 한번쯤은 다루어 보고 싶은 소재였을 듯하다. 이상의 소설 「봉별기」는 이상의 자전적 소설로 이상과 그의 연인이었던 기생 연심이의 이야기를 담고 있다. 「두꺼비」와 관련하여 「봉별기」를 읽어보는 것도 의미가 있을 것이다.

두꺼비의 소설적 기능

소설 속의 두꺼비는 주인공과 기생 옥화 사이의 매개적 인물이다. 옥화를 짝사랑하여 애가 타는 주인공에게 두꺼비는 여러 조언을 한다. 학생이라 기생의 속성을 잘 모를 테니 자기가 도와주겠다는 것이다. 주인공은 돈을 빌려서 두꺼비에게 정성을 들인다. 옥화를 짝사랑하는 '나'의 정신적 갈등은 두꺼비를 통해 구체적으로 드러난다.

두꺼비는 사실 집안에서 개밥의 도토리 신세라서 누이인 옥화에게 전혀 영향력이 없는 오라비이다. 옥화가 정성을 들여 키우고 있는 채선과 눈이 맞아 동반자살 소동을 벌였을 때, 식구들은 채선이만 병원으로 데려가고 두꺼비는 집에 방치한다. 두꺼비의 신세를 보여주는 장면이다.

소설 속에서 두꺼비의 외모는 양돼지같이 뚱뚱하고 행실은 꺼림칙한 구석이 많다고 묘사되어 있다. 두꺼비는 사랑의 끈을 이어주는 매개자이기는커녕 훼손하는 인물 유형이다. 두꺼비로 인해 소설은 부정적이고 허무한 결말을 맞을 수밖에 없다.

「안해」(『사해공론』, 1935. 12)는

'아내 팔기 모티프'를 다룬 작품으로

슬픈 세태에서 비롯한 잘못된 선택을

희극화하여 독자에게 웃음과 연민을 불러온다.

안해

미우면 미울수록, 싸울수록
잠시를 떨어지기가 아깝도록 정이 착착 붙는다.

등장인물

나 못생긴 아내의 외모에 불만을 가지고 부부싸움을 잘 하지만 아내에게 정이 없는 사이는 아니다. 나무를 해다 팔아서 겨우 생활을 유지한다. 들병이로 나서려는 아내를 말리지 않았는데 아내가 뭉태와 어울리자 생각을 바꾼다.

안해 얼굴이 못생겼고, 아들을 낳은 후 당당하게 남편에게 대들기도 한다. 가난을 벗어나고자 스스로 들병이가 되려고 열심히 노래와 술 담배를 배운다.

안해

나의 안해는 예쁘지 않다

우리 마누라는 누가 보든지 뭐 이쁘다고는 안 할 것이다. 바로 계집에 환장된 놈이 있다면 모르거니와. 나도 일상 같이 지내긴 하나 아무리 잘 고쳐보아도 요만치도 이쁘지 않다. 하지만 계집이 낯짝이 이뻐 맛이냐. 제기할(제기랄) 황소 같은 아들만 줄대(줄곧) 잘 빠쳐놓으면 고만이지. 사실 우리 같은 놈은 늙어서 자식까지 없다면 꼭 굶어 죽을 밖에 별 도리 없다. 가진 땅 없어, 몸 못 써 일 못하여, 이걸 누가 얼쳤다고(미쳤다고) 그냥 먹여줄 테냐. 하니까 내 말이 이왕 젊어서 되는 대로 자꾸 자식이나 싸두자 하는 것이다.

그리고 어미가 낯짝 글렀다고 그 자식까지 더러운 법은 없으렷다. 아 바로 우리 똘똘이를 보아도 알겠지만 즈 어미년은 쥐었다 논 개떡 같아도, 좀 똑똑하고 낄끗이(깨끗이) 생겼느냐. 비록 먹고도 재구 또 달라고 불아귀(자기에게 이로운 일이면 악착같이 덤벼들면서 남의 생각은 하지 않는 사람)처럼 덤비기는 할망정. 참 이놈이야말로 나에게는 아버지보담도, 할아버지보담도 아주 말할 수 없이 끔찍한 보물이다.

년이 나에게 되지 않은 큰 체를 하게 된 것도 결국 이 자식을 낳았기 때문이다. 전에야 그 상판대길(얼굴을) 가지고 어딜 끽소리나 제법 했으랴. 흔히 말하길 계집의 얼굴이란 눈의 안경이라 한다. 마는 제 아무리 물커진(물크러진) 눈깔이라도 이 얼굴만은 어째 볼 도리 없을 게다.

이마가 훌떡 까지고 양미간이 벌면 소견이 탁 틔었다지 않냐. 그럼 좋기는 하다마는 아기자기한 맛이 없고 이조로 둥글넓적히 내려온 하관에 멋없이 쑥 내민 것이 입이다. 두툼은 하나 건순(乾脣) 입술(위로 들린 입술), 말 좀 하려면 그리 정하지 못한 운이(윗니)가 분질없이(부질없이) 뻔찔 드러난다. 설혹 그렇다 치고 한복판에 달린 코나 좀 똑똑히 생겼다면 얼마큼 낫겠다. 첫대 눈에 띄는 것이 그 코인데, 이렇게 말하면 년의 흉을 보는 것 같지만, 썩 잘 보자 해도 먼 산 바라보는 돼지의 코가 자꾸만 생각이 난다.

꼴이 이러니까 밤이면 내 눈치만 스을슬 살피는 것이 아니냐. 오늘은 구박이나 안 할까, 하고 은근히 애를 태우는 맥이렷다. 이게 가여워서 피곤한 몸을 무릅쓰고 대개 내가 먼저 말을 걸게 된다. 온종일 뭘 했느냐는 둥, 싸리문을 좀 고쳐놓으라 했더니 어떻게 했느냐는 둥, 혹은 오늘밤에는 웬일인지 코가 훨씬 좋아 보인다는 둥, 하고. 그러면 년이 금세 해에 벌어지고 힝하게 내 곁에 와 앉아서는 어깨를 비겨대고 슬근슬근 비빈다.

그리고 코가 좋아 보인다니 정말 그러냐고 몸이 달아서 묻고 또 묻고 한다. 저로도 믿지 못할 그 사실을 한때의 위안이나마 또 한 번 들어보자는 심정이렷다. 그 속을 알고 짜장 콧날이 서나 보다고 하면 년의 대답이 뒷간엘 갈 적마다 잡아당기고 했더니 혹 나왔을지 모른단다, 그리고 아주 좋아한다.

그러나 어느 때에는 한나절 밭고랑에서 시달린 몸이 고만 축 늘어지는구나. 물론 말 한 마디 붙일 새 없이 방바닥에 그대로 누워버리지. 하면 년이 제 얼굴 때문에 그런 줄 알고 한구석에 가 시무룩해서 앉았다, 얼굴을 모로 돌리어 턱을 삐쭘 쳐들고 있는 걸 보면 필연 제깐엔 옆얼굴이나 한 번 봐달라는 속셈이겠지. 경칠 년. 옆얼굴이라고 뭐 깨묵셍이(깻묵셍이. 기름을 짜고 난 깨의 찌끼 덩어리. 못생기고 거무트름한 얼굴)나 좀 난 줄 알구……

나와 안해는 자주 다툰다

이러던 년이 똘똘이를 내놓고는 갑자기 세도가 댕댕해졌다(당당해졌다). 내가 들어가도 네놈 언제 봤냔 듯이 좀체 들떠보는(거들떠보는) 법 없지. 눈을 스르를 내려 깔고는 잠자코 아이에게 젖만 먹이겠다. 내가 좀 아이의 머리라도 쓰담으며,

"이 자식, 밤낮 잠만 자나?"

"가만둬, 왜 깨놓고 싶은감."

하고 사정없이 내 손등을 주먹으로 갈긴다. 나는 처음에 어떻게 되는 셈인지 몰라서 멀거니 천장만 한참 쳐다보았다. 내 자식 내가 만지는데 주

먹으로 때리는 건 무슨 경우야. 하지만 잘 따져보니까 조금도 내가 억울할 것은 없다. 년이 나에게 큰 체를 해야 될 권리가 있는 것을 차차 알았다. 그래서 그때부터 내가 이년 하면 저는 이놈 하고 대들기도 무언중에 계약되었지.

동리에서는 남의 속은 모르고 우리를 깍다귀(각다귀, 막 되어먹은 사람)들이라고 별명을 지었다. 혹하면 서로 대들려고 노리고만 있으니까 말이지. 하긴 요즘에 하루라도 조용한 날이 있을까 봐서 만나기만 하면 이놈, 저년, 하고 먼저 대들기도 위주다. 다른 사람들은 밤에 만나면,

"마누라 밥 먹었수?"

"아니요, 당신 오면 같이 먹을려구……."

하고 일어나 반색을 하겠지만 우리는 안 그러기다. 누가 그렇게 팽이 소리로 달라붙느냐. 방에 떡 들어서는 길로 우선 넓적한 년의 궁둥이를 발길로 퍽 들여 지른다.

"이년아! 일어나서 밥 차려!"

"이놈이 왜 이래, 대릴 꺾어 놀라."

하고 년이 고개를 겨우 돌리면,

"나무 판 돈 뭐 했어, 또 술 처먹었지."

이렇게 제법 탕탕 호령하였다. 사실이지 우리는 이래야 정이 보째(보자기째) 쏟아지고 또한 계집을 데리고 사는 맛이 있다. 손자 새끼 낯을 해가지고 마누라 어쩌고 하고 어리광으로 덤비는 건 보기만 해도 눈허리가 시질(금방 눈물이 흐를 듯한 느낌이 들지) 않겠니. 계집 좋다는 건 욕하고 치고 차고, 다 이러는 멋에 그렇게 치고 보면 혹 궁한 살림에 쪼들리어

김유정

악에 받친 놈의 말일지는 모른다. 마는 누구나 다 일반이겠지. 가다가 속이 맥맥하고(답답하고) 부아(분한 마음)가 끓어오를 적이 있지 않냐. 농사는 지어도 남는 것이 없고 빚에는 몰리고 게다가 집에 들어서면 자식놈 킹킹거려, 년은 옷이 없으니 떨고 있어, 이러한 때 그냥 배길 수야 있느냐. 트죽태죽(티격태격) 꼬집어 가지고 년의 비녀쪽을 턱 잡고는 한바탕 홀두들겨 대는구나. 한참 그 지랄을 하고 나면 등줄기에 땀이 뿍 흐르고 한숨까지 후, 돈다면 웬만치 속이 가라앉을 때였다. 담에는 년을 도로 밀쳐버리고 담배 한 대만 피워 물면 된다.

 이 멋에 계집이 고마운 물건이라 하는 것이고 내가 또 년을 못 잊어하는 까닭이 거기 있지 않냐. 그렇지 않다면이야 저를 계집이라고 등을 뚜덕여주고 그 못난 코를 좋아 보인다고 가끔 추어줄 맛이 뭐야. 하지만 년이 훌쩍거리고 앉아서 우는 걸 보면 이건 좀 재미 적다. 제가 주먹 힘으로든 입심으로든 나에게 덤비려면 어림도 없다. 쌈의 시초는 누가 먼저 걸었던 간 언제든지 경을 팟다발(파 다발. 무엇에 맞거나 몹시 시달린 만신창이가 되거나 형체가 볼품없이 된 상태)같이 치고 나앉는 것은 년의 차지렷다.

 "이리 와 자빠져 자……."
 "곤두어(그만두어), 너나 자빠져 자렴……."
하고 년이 독이 올라서 돌아다도 안 보고 비쌘다(마음에는 있으면서도 안 그런 체한다). 마는 한 서너 번 내려오라고 권하면 나중에는 저절로 내 옆으로 스르르 기어들게 된다. 그리고 눈물 흐르고 장반(쟁반. 얼굴)을 벙긋이 흘겨 보이는 것이 아니냐. 하니까 년으로 보면 두들겨 맞고 비쌔는 맛에 나하고 사는지도 모르지.

　그러나 우리가 원수같이 늘 싸운다고 정이 없느냐 하면 그건 잘못이다. 말이 났으니 말이지 정분치고 우리 것만치 찰떡처럼 끈끈한 놈은 다시 없으리라. 미우면 미울수록, 싸울수록 잠시를 떨어지기가 아깝도록 정이 착착 붙는다. 부부의 정이란 이런 겐지 모르나 하여튼 영문 모를 찰거머리 정이다. 나뿐 아니라 년도 매를 한참 두들겨 맞고 나서 같이 자리에 누우면,

　"내 얼굴이 그래두 그렇게 숭(흉) 없진 않지?"
하고 정말 잘난 듯이 바짝바짝 대든다. 그러면 나는 이때 뭐라고 대답해야 옳겠느냐. 하 기가 막혀서 천장을 쳐다보고 피익 내어버린다.

　"이년아! 그게 얼굴이야?"

　"얼굴 아니면 가주 다닐까……."

　"내니깐 이년아! 데리구 살지 누가 근다리니 그 낯짝을?"

　"뭐, 네 얼굴은 얼굴인 줄 아니? 불밤송이(채 익기도 전에 말라 떨어진 밤송이) 같은 거, 참 내니깐 데리구 살지."

　이러면 또 일어나서 땀을 한 번 흘리고 다시 드러눌 수밖에 없다. 내 얼굴이 불밤송이 같다니 이래도 우리 어머니가 나를 낳고서 나중 땅마지기나 만져볼 놈이라고 좋아하던 이 얼굴인데, 하지만 다시 일어나고 손짓 발짓을 하고 하는 게 성이 가셔서 대개는 그대로 눙쳐둔다.

　"그래, 내 너 이뻐할 게 자식이나 대구 내놔라."

　"먹이지도 못할 걸 자꾸 나 뭘 하게, 굶겨 죽일랴구?"

　"아 이년아! 꿔다 먹이진 못하니?"

하고 소리는 빽 지르나 딴은 뒤가 켕긴다. 더끔더끔(어떤 것에 조금씩 자꾸 더하는 모양) 모아두었다가 먹이지나 못하면 그걸 어떻게 하냐. 줴다(죄다. 모조리) 버리지도 못하고 죽이지도 못하고 떼송장이 난다면 연히(그렇다면) 이런 걸 보면 년이 나보담 훨씬 소견이 된 것을 알 수 있겠나. 물론 10리 만큼 벌어진 양미간을 보아도 나와는 턱이 다르지만……

안해가 들병이로 나서기로 하고 열심히 연습을 하다

우리가 요즘 먹는 것은 내가 나무 장사를 해서 벌어들인다. 여름 같으면 품이나 판다 하지만 눈이 척척 쌓였으니 얼음을 꺼먹느냐(부수어 먹느냐). 하기야 산골에서 어느 놈치고 별 수 있겠냐마는 하루는 산에 가서 나무를 해들이고 그담날엔 읍에 갔다가 판다. 나니깐 참 쌍지게질도 할 근력이 되겠지만, 잔뜩 나무 두 지게를 혼자서 번차례로 이놈 져다놓고 쉬고, 저놈 져다놓고 쉬고 이렇게 해서 장찬(길고도 먼) 30리길을 한나절에 들어가는구나. 그렇지 않으면 언제 한 지게 한 지게씩 팔아서 목구멍을 축일 수 있겠느냐. 잘 받으면 두 지게에 80전, 운이 나쁘면 60전, 65전, 그걸로 좁쌀·콩·미역, 무엇 사들고 찾아오겠다. 죽을 쑤었으면 좀 느루가겠지만(더 오래 먹겠지만) 우리는 더럽게 그런 것은 안 한다. 먹다 못 먹어서 뱃가죽을 움켜쥐고 나설지언정 으레 밥이지. 똘똘이는 네 살짜리 어린애니깐 한 보시기(작은 사발), 나는 제 아버지니까 한 사발에서 또 한 사발을 더 먹고, 그런데 년은 유독히 두 사발을 처먹지 않나. 그리고도 나보다 먼저 홀딱 집어세고는 내 사발의 밥을 한 구덩이 더 떠먹는 버릇이 있다. 계집이 좋다 했더니 이게 밥벌레가 아닌가 하고 한때는 가슴이 선뜩할 만치 겁이 났다. 없는 놈이 양이나 좀 먹어야지 이렇게 대고 처먹으면 너 웬 밥을 이렇게 처먹니 하고 눈을 뜨니까 년의 대답이, 애 난 배가 그렇지 그럼, 저도 앨 나보지 하고 샐쭉히 토라진다. 아따 그래, 대고 처먹어라. 낭종(나중) 밥값은 그 배때기에 다 게 있고 게 있는 거니까. 어떤 때에는 내가 좀 덜 먹고라도 그대로 내주고 말겠다. 경을 칠 년, 하지만 참 너무 처먹는다.

그러나 년이 떡국이 농간을 해서 나보담 한결 의뭉스럽다(겉으로는 어리석은 것 같으나 속은 엉큼하다). 이깐 농사를 지어 뭘 하느냐? 우리 들병이(술을 병에 담아가지고 다니며 파는 사람)로 나가자, 고. 딴은 내 주변으로 생각도 못했던 일이지만 참 훌륭한 생각이다. 밑지는 농사보다는 이밥에, 고기에, 옷 마음대로 입고 좀 호강이냐. 마는 년 얼굴을 이윽히 뜯어보다간 고만 풀이 죽는구나. 들병이에게 술 먹으러 오는 건 계집의 얼굴 보자 하는 걸 어떤 뱃 없는 놈이 저 낯짝엔 몸살 날 것 같지 않다. 알고 보니 참 분하다. 년이 좀만 똑똑히 나왔더면 수가 나는 걸. 멀뚱히 쳐다보고 쓴맛만 다시니까 년이 그 눈치를 채었는지

"들병이가 얼굴만 이뻐서 되는 게 아니라던데, 얼굴은 박색이라도 수단이 있어야지……."

"그래 너는 그거 할 수단 있겠니?"

"그럼 하면 하지 못할 게 뭐야?"

년이 이렇게 아주 변죽 좋게(변죽을 울리게. 바로 집어 말을 하지 않고 둘러서 말을 잘함) 장담을 하는 것이 아니냐. 들병이로 나가서 식성대로 밥 좀 한

바탕 먹어보자는 속이겠지. 몇 번 다져 물어도 제가 꼭 될 수 있다니까 아따 그러면 한번 해보자꾸나. 밑천이 뭐 드는 것도 아니고 소리나 몇 마디 반반히 가르쳐서 데리고 나서면 고만이니까.

내가 밤에 집에 돌아오면 년을 앞에 앉히고 소리를 가르치겠다. 우선 내가 무릎 장단을 치며 아리랑 타령을 한 번 부르는구나. 아리랑 아라리요, 춘천아 봄의 산아 잘 있거라, 신연강 배 타면 하직이라. 산골의 계집이면 강원도 아리랑쯤은 곧잘 하련만 년은 그것도 못 배웠다. 그러니 쉬운 아리랑부터 시작할 밖에. 그러면 년은 도사리고 앉아서 두 손으로 엉덩이를 치며 흉내를 낸다. 목구멍에서 질그릇 물러앉은 소리가 나니까 나중에 목이 트이며 노래는 잘할 게다. 마는 가락이 딱딱 들어맞아야 할 텐데 이게 세상에 돼먹어야지. 나는 노래를 가르치는데 이 망할 년은 소설책을 읽고 앉았으니 어떡허나. 이걸 데리고 앉으면 흔히 닭이 울고 때로는 날도 밝는다. 년이 하도 못하니까 본보기로 나만 하고 또 하고 또 하고 그러니 저를 들병이를 가르친다는 게 결국 내가 배우는 폭이 되지 않나. 망할 년 저도 손으로 가리고 하품을 줄대(끊이지 않고 잇달아 계속) 하며 졸려워 죽겠지. 하지만 내가 먼저 자자 하기 전에는 제가 차마 졸립다진 못할라. 애초 들병이로 나가자 말을 낸 것이 누군데 그래. 이렇게 생각하면 울화가 부쩍 올라서 주먹이 가끔 들어간다.

"이년아? 정신을 좀 채려, 나만 밤낮 하래니?"

"이놈이…… 팔때길 꺾어 놀라."

"이거 잘 배면 너 잘 되지 이년아! 날 주는 거냐, 큰 체게?"

이번엔 손가락으로 이마빼길 꾹 찍어서 뒤로 넘긴다. 여느 때 같으면 년이 독살이 나서 저리로 내뺄 게다. 제가 한 죄가 있으니까 다시 일어나서 소리 가르쳐주기만 기다리는 게 아니냐. 하니 딱한 일이다. 될지 안 될지도 의문이거니와 서로 하품은 뻔찔 터지고 이왕 내친걸음이니 그렇다고 안 할 수도 없고, 에라 빌어먹을 것, 너나 내나 얼른 팔자를 고쳐야지 늘 이러다 말 테냐. 이렇게 기를 한 번 쓰는구나. 그리고 밤의 산천이 울리도록 소리를 빽빽 질러가며 년하고 또다시 흥타령을 부르겠다.

그래도 하나 기특한 것은 년이 성의는 있단 말이지. 하기는 그나마도 없다면이야 들병이커녕 깻묵도 그르지만 날이라도 틈만 있으면 저 혼자서 노래를 연습하는구나. 빨래를 할 적이면 빨랫방추(빨랫방망이)로 가락을 맞추어가며 이팔청춘을 부른다. 혹은 방 안 구석에 죽치고 앉아서 어깻짓으로 버선을 꿰매며 노랫가락도 부른다. 노래 한 장단에 바늘 한 꿰(땀)씩이니 버선 한 짝 길려면 열 나절은 걸리지. 하지만 아따 버선으로 먹고 사느냐. 노래만 잘 배워라. 년도 나만치나 이밥에 고기가 얼른 먹고 싶어서 몸살도 나는지 어떤 때에는 바깥 밭둑을 지나가려면 뒷간 속에서 콧노래가 흥이거릴(흥얼거릴) 적도 있었다. 그러나 인제 노랫가락에 흥타령쯤 겨우 배웠으니 그담 건 어느 하가(何暇, 어느 겨를)에 배우느냐. 망할 년두 참.

게다가 년이 시큰둥해서 남더러 신식 창가를 가르쳐 달라구, 들병이는 구식소리도 잘해야 하겠지만 첫째 시체 창가를 알아야 불러먹는다 한다. 말은 그럴 법하나 내가 어디 시체 창가를 알 수 있냐. 땅이나 파먹던 놈이 나는 그런 거 모른다, 하고 좀 무색했더니 며칠 후에는 년이 시체 창가 하나를 배가주왔다(배워 가지고 왔다). 화로를 끼고 앉아서 그 전을 두드리며 너 보란 듯이 자랑스럽게 하는 것이 아닌가. 피었네 피었네 연꽃이 피었네 피었다구 하였더니 볼 동안에 옴쳤네(옴츠렸네). 대체 이걸 어디서 배웠을까. 에 이년 참 나보담 수단이 좋구나, 하고 나는 퍽 감탄하였다. 그랬더니 나중 알고 보니까 년이 어느 틈에 야학에 가서 배우질 않았겠나. 야학이란 요 산 뒤에 있는 조그만 움(움막)인데 농군 아이에게 한겨울 동안 국문을 가르친다. 창가를 할 때쯤 해서 년이 춘 줄도 모르고 거길 찾아간다. 아이를 업고 문 밖에 서서 귀를 기울이고 엿듣다가 저도 가만가만히 흉내를 내보고 내보고 하는 것이다. 그래 가지고 집에 와서는 화자를 뽑고 야단이지. 신식 창가는 며칠만 좀 더 배우면 아주 능통하겠다나.

   그러나 아무리 생각해봐도 년의 낯짝만은 걱정이다. 소리는 차차 어지간히 돼 들어가는데 이놈의 얼굴이 암만 봐도, 봐도 영 글렀구나. 경칠 년, 좀만 얌전히 나왔더면 이 판에 돈 한몫 크게 잡는 걸. 간혹 가다 제물에 화가 뻗치면 아무 소리 않고 년의 뱃기(배때기)를 한 두어 번 안 줴박을(쥐어박을) 수 없다. 웬 영문인지 몰라서 년도 눈깔을 크게 굴리고 벙벙히 쳐다보지. 땀을 낼 년. 그 낯짝을 하고 나한테로 시집을 온담. 뻔뻔하게. 하나 년도 말은 하지만 제 얼굴 때문에 가끔 성화이지. 쭉 떨어진 손거울을 들고 앉아서 이리 뜯어보고 저리 뜯어보고 하지만 눈깔이야 일반이겠지 저라고 나 뵐 리가 있겠니. 하니까 오장 썩는 한숨(속이 상해서 토해내는 한숨)이 연방 터지고 한풀 죽는구나. 그러나 요행히 내가 방에 있으면 돌아보고,

"이봐! 내 얼굴이 요즘 좀 나아지지 않아!"

"그래, 좀 난 것 같다."

"아니 정말 해봐……."

하고 이년이 팔때기를 꼬집고 바싹바싹 들어 덤빈다. 년이 능글차서 나쯤은 좋도록 대답해주려니, 하고 아주 탁 믿고 묻는 게렷다. 정말 본 대로 말할 사람이면 제가 겁이 나서 감히 묻지도 못한다. 진정 이뻐졌다, 하고 나도 능청을 좀 부리면 년이 좋아서 요새 분때(팥가루, 밤가루 등으로 만든 재래식 미용비누)를 자주 밀었으니까 좀 나졌겠지, 하고 들병이는 뭐 그렇게까지 이쁘지 않아도 된다고 또 구구히 설명을 늘어놓는다. 경을 칠 년, 계집은 얼굴 밉다는 말이 칼로 찌르는 것보다도 더 무서운 모양이다. 별 욕을 다 하고 개 잡듯 막 뚜드려도 조금 뒤에는 헤, 하고 앞으로 겨드는 이년이다. 마는 어쩌다 제 얼굴의 흉이나 좀 본다면 사흘이고 나흘이고 년이 나를 스을슬 피하며 은근히 곯리려고 든다. 망할 년 밉다는 게 그렇게 진저리가 나면 아주 면사포를 쓰고 다니지 그래. 년이 능청스러워서 조금만 이뻤더라면 나는 얼렁얼렁 해내버리고 돈 있는 놈 군서방(샛서방. 정부(情夫)를 가리킴) 해갔으렷다. 계급이 얼굴이 이쁘면 제값 다하니까. 그렇게 생각하면 년의 낯짝 더러운 것이 나에게는 불행 중 다행이라 안 할 수 없으리라.

안해가 뭉태와 술을 마시는 연습을 하다

계집은 아마 남편을 속여 먹는 맛에 깨가 쏟아지나 보다. 년이 들병이 노릇을 할 수단이 있다고 괜한 장담한 것도 저의 이 행신을 믿고 그랬는지도 모른다. 새벽 일찍이 뒤를 보려니까 어디서 창가를 부른다. 거적 틈으로 내다보니 년이 밥을 끓이면서 연습을 하지 않아. 눈보라는 생생 소리를 치는데 보강지(아궁이)에 쪼그리고 앉아서 부지깽이로 솥뚜껑 툭툭 두드리겠다. 그리고 거기 맞추어 신식 창가를 청승맞게 부르는구나. 그러나 밥이 우루루 끓으니까 뙤(솥뚜껑)를 벗겨놓고 다시 시작한다. 젊어서도 할미꽃 늙어서도 할미꽃 아하하 우습다 꼬부라진 할미꽃, 망할 년. 창가는 경 치게도 좋아하지. 방아타령 좀 부지런히 공부해두라니까 그건 안 하고 아따 아무 거라도 많이 하니 좋다. 마는 이번엔 저고리 섶이 들먹들먹하더니 아 웬 곰방 담뱃대가 나오지 않나. 사방을 흘끔흘끔 다시 살피다 아무도 없으니까 보강지에다 들여대고 한 먹음(모금) 쭈욱 빠는구나. 그리고 다따(냅다) 재채기를 줄대 뽑고 코를 풀고 이 지랄이다. 그저께도 들켜서 경을 쳤더니 년이 또 내 담배를 훔쳐가지고 나온 것이다. 돈 안 드는 소리나 배웠겠지(배우랬지) 망할 년 아까운 담배를. 곧 뛰어나가려다 뒤도 급하거니와 요즘 똘똘이가 감기로 앓는다. 년이 밤낮 들쳐 업고 야학으로 돌아다니더니 그에 그 꼴을 만들었다. 오라질 년(오라에 묶일 년), 남의 아들은 중한 줄 모르고 들병이 하나가 이것 행신 버리겠다. 망할 년이 하는 소리가 들병이가 되려면 소리도 소리려니와 담배도 먹을 줄 알고 술도 마실 줄 알고 사람도 주무를 줄 알고 이래야 쓴다나. 이게 다 요전에 동리에 들어왔던 들병이게 들은 풍월이었다. 그래서 저도 모습 겸 골고루 다 한 번씩 해보고 싶어서 아주 안달이 났다. 방아타령 하나 변변히 못하는 년이 소리는 고걸로 될 듯싶은지!

　이런 기맥(낌새)을 알고 년을 농락해 먹은 놈이 요 아래 사는 뭉태놈이다. 놈도 더러운 놈이다. 우리 마누라의 이 낯짝에 몸이 달았다면 그만하며 다 알짜(바보. 얼치기)지. 어디 계집이 없어서 그걸 손을 대고, 망할 자식도. 놈이 와서 섣달 대목이니 술 얻어먹으러 가자고 년을 꾀었구나. 조금 있으면 내가 올 테니까 안 된다. 해 지기 전에 잠깐만, 하고 손을 내끌었다. 들병이로 나가려면 우선 술 파는 경험도 해봐야 하니까, 하는 바람에 년이 솔깃해서 덜렁덜렁 따라섰겠지. 집안을 망할 년. 남편이 나무를 팔러 갔다 늦으면 밥 먹을 준비를 하고 기다려야 옳지 않느냐? 남은 발길을 30리나 허덕지덕 걸어오는데, 눈이 푹푹 쌓여서 발모가지는 떨어져 나가는 듯이 저리고, 마음에 들어왔을 때에는 짜장 곧 쓰러질 듯이 허기가 졌다. 얼른 가서 밥 한 그릇 때려눕히고 앉아서 또 소리를 가르쳐야지. 이런 생각을 하고 술집 옆을 지나다가 뜻밖에 깜짝 놀란 것은 그 밖 앞방(바깥방)에서 년의 너털웃음이 들린다. 얼른 다가서서 문틈으로 들여다보니까 아 이 망할 년이 뭉태하고 술을 먹는구나.

안해는 자식을 더 낳는 게 낫다

　이때까지는 하도 우스워서 꼴들만 보고 있었지만 더는 못 참겠다. 지게를 벗어던지고 방문을 홱 열어젖히자 우선 놈부터 방바닥에 메다꼰잤다(메다꽂았다). 물론 술상은 발길로 찼으니까 벽에 가 부서졌지. 담에는 년의 비녀쪽을 지르르 끌고 밖으로 나왔다. 술 취한 년은 정신이 번쩍 들도록 흠뻑 경을 쳐줘야 할 터이니까 눈에다 틀어박았다. 그리고 깔고 올라앉아서 망할 년 등줄기를 주먹으로 대고 우렸다. 때리면 때릴수록 점점 눈 속으로 들어갈 뿐, 발악을 치기에는 너무 취했다. 때리는 것도 년이 대들어야 맛이 있지 이러면 아주 싱겁다.

년은 그대로 내버리고 방으로 들어가서 놈을 찾으니까 이 빌어먹을 자식이 생쥐새끼처럼 어디로 벌써 내빼지 않았나. 참말이지 이런 자식 때문에 우리 동리는 망한다. 남의 계집을 보았으면 마땅히 남편 앞에 나와서 대강이(머리)가 깨져야 옳지 그래 달아난담. 못생긴 자식도 다 많지.

할 수 없이 척 늘어진 이년을 등에다 업고 비척비척 집으로 올라오자니까 죽겠구나. 날은 몹시 차지, 배는 쑤시도록 고프지, 좀 노할래야 더 노할 근력이 없다. 게다가 우리 집 앞 언덕을 올라가다 엎어져서 무르팍을 크게 깠지. 그리고 집엘 들어가니까 빈 방에는 똘똘이가 혼자 어미를 부르고 울고 된통 법석이다. 망할 잡년두, 남의 자식을 그래 이렇게 길러주면 어떡헐 작정이람. 년의 꼴 봐하니 행신은 예전에 글렀다. 이년하고 들병이로 나갔다가는 넉넉히 나는 한옆에 재워놓고 딴 서방 차고 달아날 년이다. 너는 들병이로 돈 벌 생각도 말고 그저 집 안에 가만히 앉는 것이 옳겠다. 국으로 주는 밥이나 얻어먹고 몸 성히 있다가 연해 자식이나 쏟아라. 뭐 많이도 말고 굴때(굴때장군. 키가 크고 몸이 굵으며 살갗이 검은 사람) 같은 아들로만 한 열다섯이면 족하지. 가만 있자. 한 놈이 1년에 벼 열 섬씩만 번다면 열다섯 섬이니까 1백 50원이지, 1천 5백 원, 1

천 5백원, 사실 1천 5백 원이면 어이구 이건 참 너무 많구나. 그런 줄 몰랐더니 이년이 뱃속에 1천 5백 원을 지니고 있으니까 아무렇게 따져도 나보담은 낫지 않은가.

(을해년 10월 15일)

이야기 따라잡기

'나'의 아내는 얼굴이 못생겨서 매일 '나'에게 구박을 받는다. 아내는 아들 하나를 낳고는 아이를 함부로 만지지도 못하게 큰 체를 한다. 아내와 '나'는 동리에서 '깍다귀'라는 별명이 붙을 정도로 잘 싸우지만 정이 없지 않은 부부다. '나'는 나무 장사를 해서 먹고 사는데 생활 형편이 좋지 않다.

어느 날 아내가 가난에서 벗어나고자 들병이로 나가겠다고 한다. '나'는 못생긴 아내의 얼굴이 걱정되지만 우선 소리를 가르치기로 한다. 아내는 구식 소리는 싫다며 야학에 가서 신식 창가를 배운다. 그리고 몰래 '나'의 담배까지 피우면서 나름대로 들병이가 되려는 노력을 한다. '나'는 그런 아내가 능청스럽기는 해도 예쁘지 않아 다른 남자와 달아날 염려는 없다고 생각한다.

어느 날 '내'가 나무를 팔러간 사이, 아내는 저녁 준비도 하지 않고 뭉태와 어울려 술을 마신다. 뭉태는 아내가 들병이로 나설 것임을 알고 찾아온 것이다. 그 장면을 목격한 나는 술상을 발로 차고 아내를 실컷 때려준다. 뭉태도 혼내주려고 찾아보니 이미 그는 달아나고 없다. 술 취한 아내를 업고 집으로 돌아온 '나'는 아내를 들병이로 내보내면 안 되겠다고 생각한다. 차라리 아들을 열다섯 명쯤 낳으면 한 놈이 1년에 벼 열 섬씩만 번다고 해도 열다섯 섬이니 1백 50원이 되는 셈이라며, 뱃속에 1천 5백 원의 가치를 가지고 있는 아내가 자신보다 낫다고 생각한다.

쉽게 읽고 이해하기

아내 팔기 모티프를 다룬 소설

「안해」(『사해공론』, 1935. 12)는 「산골 나그네」와 함께 '아내 팔기 모티프'를 다룬 소설이다. 매우 비도덕적이고 민감한 모티프인데, 그럼에도 독자의 비난에 휩싸이지 않는 것은 왜일까. 그 답은 슬픈 세태에서 비롯한 잘못된 선택을 희극화한 데서 찾을 수 있다.

주인공은 나무 장사를 해도 식구들 밥 먹이는 걱정에서 벗어나지 못한다. 아내는 들병이로 나가겠다는 제안을 한다. 들병이로 나가면 술을 팔아 식량도 장만하고 돈도 벌 수 있으니, 그렇게 해서 잘살아보자는 것으로, 슬픈 세태를 보여주는 부분이다. 그런데 주인공은 들병이로 나서겠다는 아내의 결정을 훌륭하다고 말하고, 아내는 들병이로 나가도 못난 외모 덕에 다른 남자와 달아날 염려가 없다면서, 열심히 들병이 연습을 시킨다.

소설 속의 부부는 전형적인 희극적 인물에 속한다. '아내 팔기 모티프'는 부부간에 지켜야 할 도덕성을 위반하는 일이지만, 독자들은 그런 감정을 전혀 읽을 수 없다. 두 인물은 악한(惡漢)도 아니고 김유정 소설의 단골 인물인 순박하고 어리숙한 인물이다. 아리스토텔레스가 정의한 희극적 인물 유형이다. 보통 사람보다 실수를 하거나 약점이 많은 인물인 것이다. 이들을 위에서 내려다보는 독자는 인물과 행동을 비난하기보다 웃음과 연민으로 감싸안는다.

부부의 아이러니한 결정과 행동의 배후

주인공은 아내가 들병이로 돈을 벌려는 데 동의하고 도와주다가, 뭉태와 술을 먹는 아내를 보고 계획을 바꾼다. 그는 아내를 들병이로 내보내겠다는 애초의 생각 자체가 어리석은 일이었고, 아내의 몸으로 아들을 많이 생산하면 아들들이 큰돈을 벌어올 것이라며 들병이 계획을 철회한다. 이는 공상이나 자기 위안에 가까우며 가난을 타파하는 현실적인 대안도 아니다.

결말의 아이러니한 결정과 행동에는 사회적·경제적 배후가 있다. 자기 아내가 들병이가 되겠다는 데도 말리지 않은 것은 도덕성이 부족하기 때문이 아니다. 농사는 지어도 남는 것이 없고 빚에 몰리는 농촌 사회의 세태에서 비롯된 것이다.

김유정은 작품 전반을 통해 농민의 가난 문제를 반복적으로 다루었다. 밑바닥 현실을 살아가는 주인공들은 그들의 비참한 삶이 사회 경제적 구조에서 오는 것을 잘 인지하지 못하는 듯하다. 그러나 등장인물들이 극도의 가난에서 빠져나오려고 기를 쓰는 모습을 통해, 독자는 이 아이러니한 결정과 행동의 배후를 짐작하게 된다.

「따라지」(『조광』, 1937. 2)는

도시로 왔으나 버스 걸, 카페 여급, 공장 노동자 등

도시빈민으로 극악하게 살아가는 따라지들의

생활을 통해 도시가 당면한 문제를

묘사한 작품이다.

따라지

"망할 년! 이담에 봐라! 내 장독 위에 오줌까지 깔길 테니!"

등장인물

톨스토이 소설을 쓰는 문학청년. 늘 방구석에 박혀 지내고, 누이가 공장에서 벌어오는 돈으로 먹고 산다.

톨스토이의 누님 과부이며 제복공장 직공. 동생을 부양하는 일로 불평이 많고 히스테리하다.

버스 걸 버스 차장. 남들에게 차장으로 보이는 게 싫어서 학생처럼 책보를 들고 다닌다.

김마까 버스 걸의 아버지. 폐결핵에 걸려 심하게 앓고 있다. 김마까(노란 참외)는 병에 걸려 누렇게 뜬 얼굴이 보기 싫다고 영애가 붙인 이름이다.

아키코 카페 여급. 톨스토이를 일방적으로 마음에 두고 있다. 톨스토이가 쫓겨날 위기에 처하자 주인마누라에게 적극적으로 저항한다.

영애 카페 여급. 아키코와 한 방을 쓴다.

주인 마누라 셋방 주인. 셋방 사람들에게 방세를 제때 받지 못해 괴로워하다가 조카를 불러 셋방 사람들을 협박한다.

따라지

주인 마누라가 사글세를 못 받아 약이 오르다

쪽대문을 열어놓으니 사직공원이 환히 내려다보인다.

인제는 봄도 늦었나 보다. 저 건너 돌담 안에는 사쿠라꽃(벗꽃)이 벌겋게 벌어졌다. 가지가지 나무에는 싱싱한 싹이 돋고, 새침히 옷깃을 핥고 드는 요놈이 꽃샘이겠지. 까치들은 새끼 칠 집을 장만하느라고 가지를 입에 물고 날아들고······.

이런 제기랄, 우리 집은 언제나 수리를 하는 겐가. 해마다 고친다, 고친다, 벼르기는 연실 벼르면서. 그렇다고 사직골 꼭대기에 올라붙은 깨웃한(한쪽으로 조금 기운) 초가집이라서 싫은 것도 아니다. 납작한 처마 밑에 비록 묵은 이엉(초가집의 지붕이나 담을 이기 위하여 엮은 짚)이 무더기무더기 흘러내리건 말건, 대문짝 한 짝이 삐뚜로(삐뚤게) 박히건 말건, 장독 뒤의 판장(널빤지로 둘러친 울타리)이 아주 벌컥 나자빠져도 좋다. 참말이지 그놈의 부엌 옆의 뒷간만 좀 고쳤으면 원이 없겠다. 밑둥의 벽이 확 나가서 어떤 게 부엌이고 뒷간인지 분간을 모르니. 게다가 여름이 되면 부엌 바닥으로 구더기가 슬슬 기어들질 않나. 이걸 보면 고대 먹었던 밥풀이 그만 곤두서고 만다. 에이 추해, 망할 녀석의 영감쟁이 그것 좀 고쳐달라고 그렇게 성화를 해도…….

쪽대문이 도로 닫겨지며 소리를 요란히 낸다. 아침 설거지에 젖은 손을 치마로 닦으며 주인마누라는 오만상이 찌푸려진다.

그러나 실상은 사글세를 못 받아서 약이 오른 것이다. 영감더러 받아달라면 마누라에게 밀고 마누라가 받자니 고분히 내질 않는다.

여태껏 미뤄왔지만 느들 오늘은 안 될라, 마음을 아주 다부지게 먹고 거는방(건넌방) 문을 홱 열어젖힌다.

"여보! 어떻게 됐소?"

"아 이거 참 미안합니다. 오늘두……."

텁수룩한 칼라 머리를 이렇게 긁으며 역시 우물쭈물이다.

"오늘두라니 그럼 어떡할 작정이오?"

하고 눈을 한 번 크게 떠보였다마는 이 위인은 암만 얼러도 노할 주변도 못 된다.

나이가 새파랗게 젊은 녀석이 왜 이리 할 일이 없는지 밤낮 방구석에 팔짱을 지르고 멍하니 앉아서는 얼이 빠졌다. 그렇지 않으면 이불을 뒤쓰고는 줄창(줄곧) 같이 낮잠이 아닌가. 햇빛을 못 봐서 얼굴이 누렇게 찌들었다. 경무과 제복공장의 직공으로 다니는 즈 누이의 월급으로 둘이 먹고 지낸다. 누이가 과부길래 망정이지 서방이라도 해가면 이건 어떡하려고 이러는지 모른다. 제 신세 딱한 줄은 모르고 맨날,

"돈은 우리 누님이 쓰는데요……. 누님 나오거든 말씀하십시오."

"당신 누님은 밤낮 사날만 참아 달라는 게 한 아니오. 사날 사날 허니 그래 언제나 돼야 사날이란 말이오?"

"미안스럽습니다. 그러나 이번엔 사날 후에 꼭 드리겠습니다. 이왕 참아주시던 길이니."

"글쎄 언제가 사날이란 말이오?"

하고 주름 잡힌 이맛살에 화가 다시 치밀지 않을 수가 없다. 이놈의 사날이란 석 달인지 삼 년인지 영문을 모른다. 그러나 저쪽도 쾌쾌히 들이덤벼야 말하기가 좋을 텐데, 울가망(조심스럽거나 답답하여 마음이 언짢아서 얼굴을 찡그리고 기운 없어 하는 것)으로 한풀 꺾이어 들옴에는 더 지껄일 맛도 없는 것이다.

너 발 뚜덜거리며 물러서자 다시 가서 문을 열어 잡고,

"오늘 우리 조카가 이리 온다니까 어차피 방은 있어야 하겠소."

장독 옆으로 빠진 수채를 건너 서면, 바로 아랫방이다. 본시는 광이었으나 셋방 놓으려고 싱둥겅둥(어떤 일을 자세하게 하지 않고 대충대충하는 모양) 방을 들인 것이다. 흙칠한 것도 윗채보다는 아직 성하고 신문지로 처덕이었을망정 제법 벽도 번듯하다.

비바람이 들이치어 누렇게 들뜬 미닫이였다. 살며시 열고 노려보니 망할 노랑퉁이가 여전히 이불을 쓰고 끙, 끙, 누웠다. 노란 낯짝이 광대뼈가 툭 불거진 게 어제만도 더 못한 것 같다. 어쩌자고 저걸 들였는지 제 생각을 해도 소갈찌(소갈머리)는 없었다. 돈도 좋거니와 팔자에 없는 송장을 칠까 봐 애간장이 다 졸아든다. 하기야 처음 올 때에 저 병색을 모른

것도 아니고,

"영감님! 무슨 병환이슈?"

하고 겁을 먹으니까,

"감기가 좀 들렸더니 이러우."

이런 굴치(골칫거리) 같은 영감쟁이가 또 있으랴. 그리고 그날부터 뒷간에다 피똥을 내깔리며 이 앓는 소리로 쩔쩔매는 것이다. 보기에 추하기도 할 뿐더러 그 신음 소리를 들을 적마다 사지가 으스러지는 것 같다.

그러나 더 얄미운 것은 이걸 데리고 온 그 딸이었다. 버스 걸(버스의 여차장) 다니니까 아마 가진말(거짓말)이 심한 모양이다. 부족증(폐결핵)이라고 한마디만 했으면 속이나 시원할 걸 여태도 감기가 쇄서 그렇다고 빠득빠득 우긴다. 방을 안 줄까 봐 속인 그 행실을 생각하면 곧 눈에 불이 올라서,

"영감님! 오늘은 방셀 주셔야지요?"

"시방 내 몸이 아파 죽겠소."

영감님은 괜한 소리를 한단 듯이 썩 군찮게(귀찮게) 벽쪽으로 돌아눕는다. 그리고 어그머니 꿍꿍, 움츠러드는 소리를 친다.

"아니 영 방세는 안 내실 테요?"

하고 소리를 빽 지르지 않을래야 않을 수 없다.

"내 시방 죽는 몸이오. 가만 있수."

"글쎄 죽는 건 죽는 거고 방세는 방세가 아니오. 영감님 죽기로서니 어째 내 방세를 못 받는단 말이오!"

"내가 죽는데 어째 또 방세는 낸단 말이오?"

영감님은 고개를 돌리어 눈을 부릅뜨고 마나님 붑지(부럽지) 않게 호령이었다. 죽을 때가 가까워 오니까 악이 받칠 대로 송두리 받친 모양이다.

"정 그렇거든 내 딸 오거든 받아가구려."

"이건 누구에게 찌다운가 원, 별일두 다 많어이."

하고 홀로 입 속으로 중얼거리며 물러가는 것도 상책일는지 모른다. 괜스레 병든 것과 곁고틀고(버티어 겨루고) 이러단 결국 이쪽이 한 굽(한 수) 죄인다(수그리고 들어간다). 그보다는 딸이나 오거든 톡톡히 따져서 내쫓는 것이 일이 쉬우리라.

그 옆으로 좀 사이를 두고 나란히 붙은 미닫이가 또 하나 있다. 열고자 문설주에 손을 대다가 잠깐 멈칫하였다. 툇마루 위에 무람없이(예의를 차리거나 조심스러워 하는 것 없이) 올려놓인 이 구두는 분명히 아키코의 구두일 게다. 문 열어볼 용기를 잃고 그는 부엌 쪽으로 돌아가며 쓴 입맛을 다시었다.

카펜가 뭔가 다니는 계집애들은 죄다 그렇게 망골(亡骨, 주책스런 사람)들인지 모른다. 영애하고 아키코는 아무리 잘 봐도 씨알이 사람 될 것 같지 않다. 아래위턱도 몰라보는 애들이 난봉질에 향수만 찾고 그래도 영애란 계집애는 비록 심술은 내고 내댈망정 뭘 물으면 대답이나 한다. 요 아키코는 방세를 내래도 입을 꼭 다물고는 안차게도 대꾸 한 마디 없다. 여러 번 듣기 싫게 조르면 그제는 이쪽이 낼 성을 제가 내가지고,

"누가 있구두 안 내요? 좀 편히 계셔요. 어련히 낼라구, 그런 극성 첨 보겠네."

이렇게 쥐어박는 소리를 하는 것이 아닌가. 좀 편히 계시라는 이 말에는 하 어이가 없어서도 고만 찔끔 못한다.

"망할 년! 은젠(언제) 병이 들었었나?"

쓸 방을 못 쓰고 사글세를 논 것은 돈이 아쉬웠던 까닭이었다. 두 영감 마누라가 산다고 호젓해서 동무로 모은 것도 아니다. 그런데 팔자가 사나운지 모두 우거지상, 노랑퉁이, 말괄량이, 이런 몹쓸 것들뿐이다. 이 망할 것들이 방세를 내는 셈도 아니요, 그렇다고 아주 안 내는 것도 아니다. 한 달 치를 비록 석 달에 별러 내는 한이 있더라도 역 내는 건 내는 거였다. 즈들(저희들)끼리 짜기나 한 듯이 팔십 전 칠십 전 일 원, 요렇게 짤금짤금거리고 만다.

오늘은 크게 얼를(협박할) 줄 알았더니 하고 보니까 역시 어저께나 다름이 없다. 방의 세간을 마루로 내놔가며 세를 들인 보람이 무엇인지. 그는 마루 끝에 걸터앉아서 화풀이로 담배 한 대를 피워 문다.

그러나 아무리 생각해도 내 방 빌리고 내가 말 못하는 것은 병신스러운 짓임에 틀림이 없다. 담뱃대를 마루에 내던지고 약을 좀 올려가지고 다시 아래채로 내려간다. 기세 좋게 방문이 홱 열리었다.

"아키코! 이봐! 자?"

아키코는 네 활개를 꼬(활짝) 벌리고 아키코답게 무사태평히 코를 골아 울린다. 젖퉁이를 풀어헤친 채 부끄럼 없고, 두 다리는 이불 싼 위로 번쩍 들어 올렸다. 담배 연기 가득 찬 방 안에는 분내가 홱 끼치고…….

"이봐! 아키코! 자?"

이번에는 대문 밖에서도 잘 들릴 만큼 목청을 돋웠다. 그러나 생시에

도 대답 없는 아키코가 꿈속에서 대답할 리 없음을 알았다. 그저 겨우 입 속으로,

"망할 계집애두, 가랑머릴 쩍 벌리고 저게 원…… 쩨쩨."

아키코가 안채를 정탐하다

미닫이가 딱 닫겨지는 서슬에 문틀 위의 안약 병이 떨어진다.

그제야 아키코는 조심히 눈을 떠보고 일어나 앉았다. 망할 년, 저보고 누가 보랬나, 하고 한옆에 놓인 손거울을 집어 든다. 어젯밤 잠을 설친 바람에 얼굴이 부석부석하였다. 궐련에 불이 붙는다.

그는 천장을 향하여 연기를 내뿜으며 가만히 바라본다. 뾰족한 입에서 연기는 고리가 되어 한 둘레 두 둘레 새어 나온다. 고놈을 하나씩 손가락으로 꼭 찔러서 터치고…….

아까부터 영애를 기다렸으나 오정(午正, 정오)이 가까워도 오질 않는다. 단성사엘 갔는지 창경원엘 갔는지, 그래도 저 혼자는 안 갈걸. 이런 때이면 방 좁은 것이 새삼스레 불편하였다. 햇빛이 안 들고 늘 습한 건 말고, 조금만 더 넓었으면 좋겠다. 영애나 아키코나 둘 중의 누가 밤의 손님이 있으면 하나는 나가 잘 수밖에 없다. 둘이 자도 어깨가 맞부딪는데, 그런데, 셋이 자기에는 너무 창피하였다. 나가서 자면 숙박료는 오십 전씩 받기로 하였으니까 못 잘 것도 아니다마는 그 담날 밝은 낮에 여기까지 허덕허덕 찾아오는 것이 어째 좀 어색한 일이었다.

어제도 카페에서 나오다가 골목에서 영애를 꾹 찌르고,

"얘! 너 오늘 어디서 자구 오너라."

하고 귓속말을 하니까,

"또? 얘 너는 좋구나!"

"좋긴 뭐가 좋아? 애두!"

아키코는 좀 수줍은 생각이 들어 쭈뼛쭈뼛 그 손에 돈 팔십 전을 쥐어 주었다. 여느 때 같으면 오십 전이지만 그만치 미안하였다마는 영애는 지루퉁한(못마땅하여 시무룩한) 낯으로 돈을 받아넣으며 또 하는 소리가,

"얘! 이젠 종로 근처로 우리 큰 방을 얻어오자."

"그래 가만 있어…… 잘 가거라, 그리고 내일 일찍 와!"

남 인사하는 데는 대답 없고,

"나만 밤낮 나와 자는구나!"

이것은 필시 아키코에게 엇먹는 조롱이겠지. 망할 애두 저더러 누가 뚱뚱하고 못생기게 나랬나, 그렇게 빼지게(삐치게) 하지만 영애가 설마 아키코에게 뼈지거나 엇먹지는 않았으리라.

아키코는 베개로 허리를 펴며 팔뚝시계를 다시 본다. 오정하고 십오 분 또 삼 분. 영애가 올 때가 되었는데, 망할 거 누가 채갔나. 기지개를 한 늘이고 드르누우며 미닫이께로 고개를 가져간다. 문 아랫도리에 손가락 하나 드나들 만한 구멍이 뚫리었다. 주인마누라가 그제야 좀 화가 식었는지 안방으로 휫젓고 들어가는 치마꼬리가 보인다. 그리고 마루 뒤주 위에는 언제 꺾어다 꽂았는지 정종 병에 엉성히 뻗은 꽃가지. 붉게 핀 것은 복숭아꽃일 게고, 노랗게 척척 늘어진 저건 개나리다. 건넌방 문은 여전히 꼭 닫혔고, 뒷간에 가는 기색도 없다. 저 속에는 지금 제가

별명진 톨스토이(제정 러시아 시대의 작가이자 사상가)가 책상 앞에 웅크리고 앉아서 눈을 감고 앉았으리라. 올라가서 이야기 좀 하고 싶어도 구렁이 같은 주인마누라가 지키고 앉아서 감히 나오지를 못한다.

이것은 아키코가 안채의 기맥(낌새)을 정탐하는 썩 필요한 구멍이었다. 뿐만 아니라 저녁나절에는 재미스러운 연극을 보는 한 요지경도 된다. 어느 때에는 영애와 같이 나란히 누워서 베개를 베고 하나 한 구멍씩 맡아가지고 구경을 한다. 왜냐면 다섯 점 반쯤 되면 완전히 히스테리인 톨스토이의 누님이 공장에서 나오는 까닭이었다.

그 누님은 성질이 어찌 괄괄한지 대문간에서부터 들어오는 기색이 난다. 입을 다물고 눈살을 접은 그 얼굴을 보면 일상 마땅치 않은, 그리고 세상의 낙을 모르는 사람 같다. 어깨는 축 늘어지고 풀 없어 보이면서 게다(げた, 일본 사람들이 신는 나막신) 걸음만 빠르다. 들어오면 우선 건넌방 툇마루에다 빈 벤또(べんとう, 도시락)를 쟁그렁, 하고 내다붙인다. 이것은 아우에게 시위도 되거니와 이래야 또 직성도 풀린다.

그리고 그는 눈을 휘둥그렇게 뜨고 사면의 불평을 찾기 시작한다마는 아우는 마당도 쓸어놓고, 부뚜막의 그릇도 치우고, 물독의 뚜껑도 잘 덮어놓았다. 신발장이라도 잘못 놓여야 트집을 걸 텐데 아주 말쑥하니까 물바가지를 땅으로 동댕이친다. 이렇게 불평을 찾다가 불평이 없어도 또한 불평이었다.

"마당을 쓸면 잘 쓸든지, 그릇에다 흙칠을 온통 해놨으니 이게 다 뭐냐?"

끝이 꼬부라진 그 책망, 아우는 속에서 끽소리 없다.

"밥을 얻어먹으면 밥값을 해야지, 늘 부처님같이 방구석에 꽉 앉았기만 하면 고만이냐?"

이것이 하루 몇 번씩 귀 아프게 듣는 인사이었다. 눈을 흡뜨고(부릅뜨고) 서서, 문 닫힌 건넌방을 향하여 퍼붓는 포악이었다. 그런 때이면 야윈 목에 굵은 핏대가 불끈 솟고, 구부정한 허리로 게거품까지 흐른다. 그러나 이건 보통 때의 말이다. 어쩌다 공장에서 뒤를 늦게 본다고 감독에게 쥐어박히거나 혹은 재봉침(재봉바늘)에 엄지손톱을 박아서 반쯤 죽어 오는 적도 있다. 그러면 가뜩이나 급한 그 행동이 더 불이야 불이야 한다. 손에 잡히는 대로 그릇을 내던져 깨치며,

"왜 내가 이 고생을 해가며 널 먹이니, 응 이놈아?"

헐없이(영락없이) 미친 사람이 된다. 아우는 그래도 귀가 먹은 듯이 잠자코 앉았다. 누님은 혼자 서서 제 몸을 들볶다가 나중에는 울음이 탁 터진다. 공장살이에 받는 설움을 모두 아우의 탓으로 돌린다. 그러면 할 일없이(어쩔 수 없이) 아우는 마당에 내려와서

누님의 어깨를 두 손으로 붙잡고,

"누님, 다 내가 잘못했수, 그만두."

하고 달래지 않을 수 없다.

"네가 이놈아! 내 살을 뜯어먹는 거야."

"그래 알았수, 내가 다 잘못했으니 그만둡시다."

"듣기 싫어, 물러나."

하고 벌떡 떠다밀면 땅에 펄썩 주저앉는 아우다. 열적은 듯, 죄송한 듯, 얼굴이 벌개서 털고 일어나는 그 아우를 보면 우습고도 일변 가여웠다.

그러나 더 우스운 것은 마루에서 저녁을 먹을 때의 광경이다. 누님이 밥을 퍼가지고 올라와서는 암말 없이 아우 앞으로 한 그릇을 쭉 밀어놓는다. 그리고 자기는 자기대로 외면하여 푹푹 퍼먹고 일어선다. 물론 반찬도 각각 먹는 것이다. 아우는 군말 없이 두 다리를 세우고 눈을 내리깔고는 그 밥을 떠먹는다. 방에 앉아서, 주인마누라는 업신여기는 눈으로 은근히 흘겨준다.

영애는 톨스토이가 너무 병신스러운 데 골을 낸다. 암만 얻어먹더라도 씩씩하게 대들질 못하고 저런, 저런. 그러나 아키코는 바보가 아니라, 사람이 너무 착해서 그렇다고 우긴다.

하긴 그렇다고 누님이 자기 밥을 얻어먹는 아우가 미워서 그런 것도 아니다. 나뭇잎이 등금등금(드문드문) 날리던 작년 가을이었다. 매일같이 하들볶으니까 온다 간다 말없이 하루는 아우가 없어졌다. 이틀이 되어도 없고 사흘이 되어도 없고, 일 주일이 썩 지나도 영 들어오지를 않는다.

누님은 아우를 찾으러 다니기에 눈이 뒤집혔다. 그렇게 착실히 다니던 공장에도 며칠씩 빠지고, 혹은 밥도 굶었다. 나중에는 아우가 한을 품고 죽었나 보다고 집에 들어오면 마루에 주저앉아서 통곡이었다. 심지어 아키코의 손목을 다 붙잡고,

"여보! 내 아우 좀 찾아주, 미치겠수."

"그렇지만 제가 어딜 간 줄 알아야지요."

"아니 그런 데 놀러 가거든 좀 붙들어주, 부모 없이 불쌍히 자란 그놈이."

말끝도 다 못 마치고 이렇게 울던 누님이 아니었던가. 아흐레 만에야

아우를 남대문 밖 동무 집에서 찾아왔다. 누님은 기뻐서 또 울었다. 그리고 그 다음날부터 다시 들볶기 시작하였다.

이 속은 참으로 알 수 없고, 여북해야(오죽해야) 아키코는 대문 소리만 좀 다르면,

"얘 영애야! 변덕쟁이 온다. 어서 이리 와."
하고 잇속 없이 신이 오른다.

아키코가 톨스토이를 마음에 두다

아키코는 남모르게 톨스토이를 맘에 두었다. 꿈을 꾸어도 늘 울가망으로 톨스토이가 나타나곤 한다. 꼭 발렌티노(미국의 영화배우)같이 두 팔을 떡 벌리고 하는 소리가, 오! 저는 당신을 사랑합니다. 이 가슴에 안겨주소서. 그러나 생시에는 이놈의 톨스토이가 아키코의 애타는 속도 모르고 본 둥 만 둥이 아닌가. 손님에게 꼭 답장할 필요가 있어서,

"선생님! 저 연애편지 하나만 써주셔요."

아키코가 톨스토이를 찾아가면,

"저 그런 거 못 씁니다."

"소설 쓰는 이가 그래 연애편지를 못 써요?"
하고 어안이 벙벙해서 한참 쳐다본다. 책상 앞에서 늘 쓰고 있는 것이 소설이란 말은 여러 번이나 들었다. 그래 존경해서 선생님이라고 부르고 뒤에서는 톨스토이로 바치는데 그래 연애편지 하나 못 쓴다니 이게 말이 되느냐. 하도 기가 막혀서,

"선생님! 연애 해보셨어요?"
하면, 무안당한 계집애처럼 그만 얼굴이 벌개진다.
"전 그런 거 모릅니다."
아키코는 톨스토이가 저한테 흥미를 안 갖는 걸 알고 좀 샐쭉하였다. 카페서 구는 여급이라고 넘보는 맥인지 조선말로 부르면 흥해서 아키코로 행세는 하지만 영영 아키콘 줄 아나보다. 어쩌면 톨스토이가 흉측스럽게 아랫방 버스 걸과 눈이 맞았는지도 모른다. 왜냐하면 버스 걸이 나갈 때 그때쯤 해서 톨스토이가 세수를 하러 나오고 하는 것을 보았다. 그리고 옥생각(옹졸한 생각)인지 몰라도 버스 걸도 요즘엔 버쩍 모양을 내기에 몸이 달았다. 며칠 전에 버스 걸이 거울과 가위를 손에 들고 아키코의 방엘 찾아왔다.
"언니, 나 이 머리 좀 잘라주."
"건 왜 자를려구 그래? 그냥 두지."
"날마다 머리 빗기가 구찮아서 그래."
하고 좀 거북한 표정을 하더니,
"난 언니 머리가 좋아, 뭉툭한 게!"
웃음으로 겨우 버무린다.
하 조르므로 아키코도 그 좋은 머리를 아니 자를 수 없다. 가위에 힘을 주어 그 중턱을 툭 끊었다. 버스 걸은 손으로 만져보더니 재겹게(매우) 기쁜 모양이다. 확 돌아앉아서 납죽한 주둥이로 해해 웃으며,
"언니 머리같이 더 좀 디려 잘라주어요."
"더 자르믄 못써. 이만하면 좋지 않어?"

대고 졸랐으나 아키코는 머리를 버려놓을까 봐 더 응칠 않았다. 여기에 성이 바르르 나서 버스 걸은 제 방으로 가서는 제 손으로 더 몽총히(짧게) 잘라버렸다. 그 뜯어논 머리에다 분을 하얗게 바르고는 아주 좋다고 나다니는 계집애다. 양말 뒤축에 빵꾸가 좀 나도 제 방 들어갈 제 뒤로 기어든다.

아침에 나갈 제 보면 버스 걸은 커단 책보를 옆에 끼고 아주 버젓하다. 처음에 아키코가 고등과에 다니는 학생인가, 한 것도 무리는 아니었다. 왜냐면 그 책보가 고등과에 다니는 책보같이 그렇게 탐스럽고 허울이 좋았다. 그러나 차차 알고 보니 보지도 않는 헌 잡지를 그렇게 포개고, 그 사이에 벤또를 꼭 물려서 싼 책보이었다. 벤또 하나만 싸면 공장의 계집애나 버스 걸로 알까 봐서 그 무거운 잡지책을 힘드는 줄도 모르고 들고 왔다 갔다 하는 것이 아니냐. 그래 놓고는 저녁에 돌아올 때면 웬 도둑놈 같은 무서운 중학생놈이 쫓아오고 한다고 늘 성화다.

"그놈 다리를 꺾어놓지."

이렇게 딸의 비위를 맞추어 병든 아버지는 이불 속에서 큰소리다. 그리고 아침마다 딸 맘에 썩 들도록 그 책보를 싸는 것도 역시 그의 일이었다. 정성스레 귀를 내어(보따리의 귀퉁이가 반듯하게 보이도록 만들어) 문 밖으로 두 손을 내받치며,

"얘! 일찍안에(일찌거니) 돌아오너라, 감기 들라."

이런 걸 보면 영애는 또 마음에 마뜩치(마땅치) 않았다.

영애가 김마까를 싫어하다

　딸에게 구리칙칙이(구리터분히. 하는 짓이나 성미가 깔끔하지 못하고 아주 치사하고 더럽게) 구는 아버지는 보기가 개만도 못하다 했다. 그래 아키코와 쓸 데 적게 주고받고 다툰 일까지 있다.
　"그럼 딸의 거 얻어먹구 그렇지도 않어?"
　"그러니 더 든적스럽지(던적스럽지. 하는 짓이 보기에 매우 치사하고 더럽지) 뭐냐?"
　"든적스럽긴 얻어먹는 게 든적스러, 몸에 병은 있구 그럼 어떡하니? 애두! 너무 빠장빠장 웃기는구나!"
　아키코는 샐쭉이 토라지다 고개를 다시 돌리어 웅크려 뜯는 소리로,
　"너 느 아버지가 팔아먹었다지, 그래 네 맘에 좋으냐?"
　"애두! 절더러 누가 그런 소리 하라나?"
하고 영애는 더 덤비지 못하고 그제는 눈으로 치마를 걷어 올린다. 이렇게까지 영애는 그 병쟁이가 몹시도 싫었다. 누렇게 말라붙은 그 얼굴을 보고 김마까(キンマクワ, 노란 참외. 병자의 얼굴이 노르스름한 것을 보고 붙인 별명)라는 병명을 지을 만치 그렇게 밉살스럽다. 왜냐면 어느 날 김마까가 영애를 방해하였다.
　그날은 어쩐 일인지 김마까가 초저녁부터 딸과 싸운 모양이었다. 새로 두 점쯤 해서 영애가 들어오니까 둘이 소곤소곤하고 싸우는 맥이다. 가뜩이나 엄살을 부리는데다 더 흉측을 떨며,
　"어이쿠! 어이쿠! 하나님 맙시사!"

그렇지 않으면,

"하나님 날 잡아가지 왜 이리 남겨두슈!"

아래위칸을 흙벽으로 막았으면 좋을 걸 얇은 빈지(널빤지)를 들이고 종이로 발랐다. 위칸에서 부시럭 소리만 나도 아래칸까지 고대로 흘러든다. 그 벽에다 머리를 쾅쾅 부딪히며,

"어이구 이놈의 팔자두!"

제깐에는 딸 앞에서 죽는다고 결기(욱하는 성미)를 이는 꼴이다. 그러면 딸은 표독스러운 음성으로,

"누가 아버지보고 돌아가시랬어요? 괜히 남의 비위를 긁어놓구 그러시네!"

"늙은이보구 담밸 끊으라는 게 죽으라는 게지 뭐야."

"그게 죽으라는 거야요? 남 들으면 정말로 알겠네."

딸이 좀 더 볼멘소리로 쏘아 박으니, 또다시,

"어이구! 이놈의 팔자두!"

벽에 머리를 부딪히며 어린애같이 깩깩 울고 앉았다. 질긴 귀(남의 말을 제대로 이해하지 못하는 귀)로도 못 들을 징그러운 그 울음소리······.

가물(가뭄)에 빗방울같이 모처럼 끌고 왔던 영애의 손님이 이마를 접는다. 그리고 아무 말 없이 취한 걸음으로 비틀비틀 쪽마루로 내걷는다. 되는 대로 구두짝이 끌린다.

"왜 가셔요?"

"요담 또 오지."

"여보세요! 이 밤중에 어딜 간다구 그러셔요?"

하고 대문간서 그 양복을 잡아챈다. 마는 허황한 손이 올라와 툭툭 털어 버리고,

"요담 또 오지."

그리고 천변을 끼고 비틀거리는 술 취한 걸음이다. 영애는 눈에 독이 잔뜩 올라서 한 전등이 둘 셋씩 보인다. 빈 방 안에 홀로 누워서 입 속으로 김마까를 악담을 하며 눈물이 핑 돈다.

벌써 한 점 사십오 분. 영애는 디툭디툭 들어오며 살집 좋은 얼굴이 싱글벙글이다. 손에는 통통한 과자봉지. 미닫이를 여니 윗목 구석에 쓸어박은 헌 양말짝, 때 전 속옷, 보기에 어수산란하다(어수선하고 산란하다).

"벌써 오니? 좀 더 있지."

"애두! 목욕허구 온단다."

"목욕은 혼자 가니?"

하고 좀 뼈지려(삐치려) 한다.

"그래 너 주려구 과자 사왔어요."

"그럼 그렇지 우리 영애가!"

요강에서 손을 뽑으며 긴히 달겨든다. 아키코는 오줌을 눌 적마다 요강에 받아서는 이 손을 담그고 한참 있고 저 손을 담그고. 그러나 석 달이나 넘어 그랬건만 손결이 별로 고와진 것 같지 않다. 그 손을 수건에 닦고 나서,

"모두 나마카시(なまがし. 생과자)만 사왔구나."

우선 하나를 덥석 물어 뗀다.

"그 손으로 그냥 먹니? 얘! 난 싫단다!"

"메 드러워? 저도 오줌을 누면서 그래."

"그래두 먹는 것허구 같으냐?"

하지만 영애는 아키코보다 마음이 훨씬 눅었다(넉넉하였다). 더 타내지(남의 결함이나 잘못을 드러내어 탓하지) 않고 그런 양으로 앉아서 같이 집어먹는다. 그의 마음에는 아키코의 생활이 몹시 부러웠다. 여러 손님의 사랑에 고이며 예쁜 얼굴을 자랑하는 아키코. 영애 자신도 꼭 껴안아주고 싶은, 아담스러운 그런 얼굴이다.

"그인 은제 갔니?"

"새벽녘에 내뺐단다. 아주 숫배기(순진하고 어리석은 사람)야."

"넌 참 좋겠다. 나두 연애 좀 해봤으면!"

"허려무나, 누가 허지 말라니?"

"아니 너 같은 연애 싫어, 정신으로만 허는 연애 말이지."

하고 어딘가 좀 뒤둥그러진 소리.

"오! 보구만 속 태우는 연애 말이지?"

하긴 했으나 아키코는 어쩐지 영애에게 너무 심하게 한 듯싶었다. 가뜩이나 제 몸 못난 것을 은근히 슬퍼하는 애를……

"얘! 별소리 말아요. 연애두 몇 번 해보면 다 시들해지는 걸 모르니? 난 일상 맘 편히 혼자 지내는 네가 부럽더라!"

하고 슬그머니 한 번 문질러주면,

"메가(무엇이) 부러워? 애두! 괜히 저러지."

영애는 이렇게 부인은 하면서도 벙싯하고(소리 없이 입만 약간 크게 벌려 가볍게 한 번 웃고) 짜장 우월감을 느껴보려 한다. 영애도 한때에는 주체궂은

(처리하기 어렵게 짐스럽고 귀찮은) 살을 말리고자 아편도 먹어봤다. 남의 말대로 듬뿍 먹었다가 꼬박이 이틀 동안을 일어나지도 못하고 고생하던 생각을 하면 시방도 등허리가 선뜻하다. 그러나 영애에게도 어쩌다 엽서가 오는 것은 참 신통한 일이라 안 할 수 없다.

"또 뭐 뒤져갔니?"

하고 영애는 의심이 나서 제 경대 서랍을 뒤져본다. 과연 며칠 전 어떤 전문학교 학생에게서 받은, 끔찍이 귀한 염서(艶書, 연애편지)가 또 없어졌다. 사내들은 어째서 남의 계집애 세간을 뒤져가기 좋아하는지, 그 심사는 참으로 알 수 없고.

"또 집어갔구나, 이럼 난 모른단다!"

영애는 고만 울상이 된다.

"뭐?"

"편지 말이야!"

"무슨 편지를?"

"왜 요전에 받은 그 연애편지 말이야."

"저런! 그 망할 자식이 그건 뭣 하러 집어가, 난 통히(도통) 보덜 못했는데, 수줍은 척하더니 아주 숭악한(흉악한) 자식이로군!"

아키코는 가는 눈썹을 더욱이 잰다. 그리고 무색한 듯 영애의 눈치만 한참 바라보더니,

"내 톨스토이보고 하나 써달라마. 그럼 이담 연애편지 쓸 때 그거 보구 쓰면 고만 아냐."

하고 곱게 달랜다. 그러나 과연 톨스토이가 하나 써줄는지 그것도 의문

이다. 영애가 벌써 전부터 여기를 떠나자고 졸라도 좀좀 하고 망설이고 있는 아키코! 그런 성의를 모르고 톨스토이는 아키코를 보아도 늘 한양으로(한결같은 모습으로) 대단치 않게 지나간다.

그렇다고 한때는 버스 걸에게 맘을 두었나, 하고 의심을 해봤으나, 실상은 그런 것도 아닐 것이다. 낮에 사직동 공원으로 올라가면 아키코는 가끔 톨스토이를 만난다. 굵은 소나무 줄기에 등을 비껴 대고 먼 하늘만 정신없이 바라보고 섰는 톨스토이다. 아키코가 그 앞을 지나가도 못 본 척하고 들떠보도 않는다. 약이 올라서 속으로 망할 자식, 하고 욕도 하여본다. 그러나 나중 알고 보면 못 본 척이 아니라, 사실 눈 뜨고 못 보는 것이다. 그렇게 등신같이 한눈을 팔고 섰는 톨스토이다. 이걸 보면 아키코는 여자고보를 중도에 퇴학하던 저의 과거를 연상하고 가엾은 생각이 든다. 누님에게 얻어먹고 저러고 있는 것이 오죽 고생이랴. 그리고 학교 때 수신(도덕) 선생이 이야기하던 착하고 바보 같다던 그 톨스토이가 과연 저런 건지, 하고 객쩍은 조바심도 든다.

아키코는 기침을 캑 하고 그 앞으로 다가선다. 눈을 깜박깜박하며,

"선생님! 뭘 그렇게 생각하셔요?"

하고 불쌍한 낯을 하면,

"아니오."

하고 어색한 듯이 어물어물하고 만다.

"그렇게 섰지 마시고 좀 운동을 해보셔요."

하도 딱하여 아키코는 이렇게 권고도 하여본다.

톨스토이네가 방에서 쫓겨날 위기에 처하다

"오늘은 방을 좀 치워야 하겠소. 여기 내 조카도 지금 오고 했으니까."

주인마누라는 약이 바짝 올라서 매섭게 쏘아본다. 방에서만 꾸물꾸물 방패매기(방패막이)를 하고 있는 톨스토이가 여간 밉지 않다.

"아, 여보! 방의 세간을 좀 치워줘요. 그래야 오는 사람이 들어가질 않소?"

"사날만 더 참아줍쇼. 이번엔 꼭 내겠습니다."

"아니 뭐 사글세를 안 낸대서 그런 게 아니오. 내가 오늘부터 잘 데가 없고 이 방을 꼭 써야 하겠기에 그래서 방을 내달라는 것이지."

양복바지를 거반 엉덩이에 걸친, 버드렁니가 이렇게 허리를 쓱 편다. 주인마누라가 툭하면 불러온다던 저 조카라는 놈이 필연 이걸 게다. 혼자 독학으로 부청(府廳, 오늘날의 구청. 일제강점기에 부(府)의 행정 사무를 처리하던 기관)에까지 출세를 한 굉장한 사람이라고 늘 입에 침이 말랐다. 그러나 귀 처진 눈은 말고, 헤벌어진 입과 양복 입은 체격하고 별로 굉장한 것 같지 않다. 게다 얼짜(이것도 저것도 아닌 어중된 것)가 분수없이 뻐팅기려고,

"참아주시던 길이니 며칠만 더 참아주십시오."

이렇게 애걸하면,

"아 여보! 당신도 그래 사람이오?"

하고 제법 삿대질까지 할 줄 안다.

"저런 자식두! 못두 생겼다. 저게 아마 경성부 고쓰깽이(고쓰카이(ごつか

い). 급사)인 거지?"

"글쎄, 그래도 제법 넥타일 다 잡숫구."

하고 손가락이 들어가 문의 구멍을 좀 더 후벼 판다. 마는 아키코는 구렁이(주인마누라)의 속을 빠안히 다 안다. 인젠 방세도 싫고 셋방 사람을 다 내쫓으려 한다. 김마까나 아키코는 겁이 나서 차마 못 건드리고 제일 만만한 톨스토이로부터 우선 몰아내려는 연극이었다.

"저 구렁이 좀 봐라, 옆에 서서 눈짓을 해가며 자꾸 씨기지(시키지)."

"글쎄 자식도 얼간이가 아냐? 즈 아즈멈 시키는 대로 놀구 섰게."

"어쭈, 얼짜가 뼈팅긴다. 지가 우와기(うわぎ, 윗도리)를 벗어놓으면 어쩔 테야 그래? 자식두!"

"톨스토이가 잠자쿠 앉았으니까 약이 올라서 저래, 맛부리는(맛없이 싱겁게 구는) 게 밉살머리궂지? 자식 그저 한 대 앵겨(안겨)줬으면."

"내가 한 대 먹이면 저거 고택골(서울 은평구 신사동의 공동묘지가 있던 마을 이름) 간다. 그러니깐 아키코한테 감히 못 오지 않어."

주먹을 이렇게 들어 뵈다가 고만 영애의 턱을 치질렀다. 영애는 고개를 저리 돌리어 또 빼쭉하고,

"얘 이럼 난 싫단다!"

"누가 뭐 부러 그랬니, 또 빼쭉하게?"

하고 아키코도 좀 빼쭉하다가 슬슬 눙치며(좋은 말로 달래며),

"그래 잘못했다. 고만두자!"

영애의 턱을 손등으로 문질러주고,

"쟤! 저것 봐라, 놈은 팔을 걷고 구렁이는 마루를 구르고 야단이다."

"애 재밌다, 구렁이가 약이 바짝 올랐지?"

"저 자식 보게, 제 맘대로 남의 방엘 막 들어가지 않어?"

아키코가 영애에게 눈을 크게 뜨니까,

"뭐 일을 칠 것 같지? 병신이 지랄한다더니 정말인가베!"

"저 자식이 남의 세간을 제 맘대로 내놓질 않나? 경을 칠 자식!"

"그건 나무래 뭘 해. 그저 톨스토이가 바보야! 그래도 부처같이 잠자코 있지 않아. 세상엔 별 바보두 다 많어이!"

아키코는 그건 들은 체도 안 하고 대뜸 일어선다. 미닫이가 열리자 우람스러운 걸음. 한숨에 툇마루로 올라서며 볼멘소리다.

"아니 여보슈! 남의 세간을 그래 맘대로 내놓는 법이 있소?"

"당신이 웬 챙견이오?"

얼짜는 톨스토이의 책상을 들고 나오다, 방문턱에 우뚝 멈춘다. 눈을 휘둥그렇게 뜨고 주저주저하는 양이 대담한 아키코에 적이 놀란 모양······.

"오늘부터 내가 여기서 자야 할 테니까······ 그래서······ 방을 치는데······."

얼짜는 주변성 없는 말로 이렇게 굴다가,

"당신 맘대로 방은 치는 거요?"

"그럼 내 방 내 맘대로 치지 뉘게 물어본단 말이유?"

하고 제법 을딱딱이긴(무서운 말로 협박하긴) 했으나 뒷갈망(뒷감당)은 구렁이에게 눈짓을 슬슬 한다.

"그렇지, 내 방 내가 치는 데 누가 뭐하러 있나?"

"당신 맘대룬 안 되우, 그 책상 도루 저리 갖다놓우. 사글세를 내란다든지 하는 게 옳지, 등을 밀어 내쫓는 경우가 어디 있단 말이오?"

"아니 아키코는 제 거나 낼 생각하지 웬 걱정이야? 저리 비켜 서!"

구렁이는 문을 막고 섰는 아키코의 팔을 잡아당긴다. 에패(오래된 지난날, 예전)는 찍소리 없이 눌려왔지만 오늘은 얼짜를 잔뜩 믿는 모양이다. 이걸 보고 옆에 섰던 영애가 또 아니꼬워서,

"제 거라니? 누구보고 저야. 이 늙은이가 눈깔 뼜나?"

하고 그 팔을 뒤로 확 잡아챈다. 늙은 구렁이와 영애는 몸 중량의 비례가 안 된다. 제풀에 비틀비틀 돌더니 벽에 가 쿵 하고 쓰러진다. 그러나 눈을 감고 턱이 떨리는 아이고 소리는 엄살이다.

아키코가 주인 마누라에게 저항하다

얼짜가 문턱에 책상을 떨구더니 용감히 홱 넘어 나온다. 아키코는 저 자식이 달마찌(1930년대 미국의 영화배우)의 흉내를 내는구나, 할 동안도 없이 영애의 뺨이 짤꺽…….

"이년아! 늙은이를 쳐?"

"아 이 자식 보레! 누구 뺨을 때려?"

아키코는 악을 지르자 그 석대(혁대)를 뒤로 잡아 나꿔챈다. 마루 위에 놓였던 다듬잇돌에 걸리어 얼짜는 엉덩방아가 쿵 하고. 잡은 참 날아드는 숯보구니(숯 바구니)는 독 오른 영애의 분풀이다.

그러자 또 아랫방 문이 확 열리고, 지팡이가 김마까를 끌고 나온다.

"이 자식이 웬 자식인데 남의 계집애 뺨을 때려? 원 이런 망하다 판이 날 자식이, 눈에 아무것두 뵈질 않나…… 세상이 망한다 망한다 한대두 만 이런 자식은."

김마까는 뜰에서부터 사방이 들으라고 와짝 떠들며 올라온다. 구렁이한테 늘 쪼여 지내던 원한의 복수로 아키코와 서로 멱살잡이로 섰는 얼짜의 복장을 지팡이로 내지른다.

"이런 염병을 하다 땀통이 끊어질 자식이 있나!"

그와 동시에 김마까는 검불같이 뒤로 벌렁 나자빠졌다. 내댔던 지팡이가 도로 물러오며 바짝 마른 허구리를 쳤던 것이다. 개신개신(기운 없이) 몸을 일으짚으며 김마까는 구시월 서리 맞은 독사가 된다.

"이 자식아! 너는 니 애비두 없니?"

대뜸 지팡이는 날아들어 얼짜의 귓배기를 내리갈긴다. 딱 하고 뼈 닿는 무딘 소리. 얼짜는 고개를 푹 꺾고 귀에 두 손을 들이대자 죽은 듯이 꼼짝 못한다.

아키코도 얼짜에게 뺨 한 대를 얻어맞고 울고 있었다. 이 좋은 기회를 타서 얼짜의 등 뒤로 빨간 얼굴이 달려든다. 이건 권투식으로 집어셀까 (말과 행동으로 마구 닦달할까) 하다 그대로 그 어깻죽지를 뒤로 물고 늘어진다. 아, 아, 이렇게 외마디소리로 아가리를 딱딱 벌린다. 그리고 뒤통수로 암팡스레 날아든 것은 영애의 주먹이다.

톨스토이는 모두가 미안쩍고, 따라 제풀에 지질려서 어쩔 줄을 모른다. 옆에서 눈을 흘기는 영애도 모르고,

"노세요, 고만 노세요, 어떡헙니까?"

하며 아키코의 등을 두 손으로 흔든다. 구렁이도 벌벌 떨어가며,

"이년이 사람을 뜯어먹을 텐가, 안 노니 이거 안 놔?"

아키코를 대고 잡아당기며 얼른다. 그러나 잡아당기면 당길수록 얼짜는 소리를 더 지른다. 이러다간 일만 더 크게 벌어질 걸 알고 구렁이는 간이 고만 달룽한다(덜컹한다). 이 사품에(마침 그때에) 안방 미닫이는 설쭉이 부러지고 뒤주(곡식을 담아두는 세간) 위에 얹었던 대접이 둘이나 떨어져 깨졌다. 잔뜩 믿었던 조카는 저렇게 죽게 되고. 이러다 방은커녕 사람을 잡겠다, 생각하고 그는 온몸이 덜덜 떨리었다. 게다가 모질게 내려치는 김마까의 지팡이…….

구렁이는 부리나케 대문 밖으로 나왔다. 골목길을 내려오며 뒤에 날리는 치맛자락에 바람이 났다.

아키코가 순사에게 잡혀가다

"사글세를 내랬으면 좋지, 내쫓을려고 하니까 그렇게 분란이 일구 하는 게 아니야?"

"아닙니다. 누가 내쫓을려고 그래요. 세를 내라구 그러니깐 그렇게 아키코란 년이 올라와서 온통 사람을 뜯어먹고 그러는군요!"

"말 마라. 내쫓으려구 헌 걸 아는데 그래, 요전에도 또 한 번 그런 일이 있었지?"

순사는 노파의 뒤를 따라오며 나른한 하품을 주먹으로 끈다. 푹하면(툭하면) 와서 찐대(남에게 기대어 떼를 쓰듯 괴롭히는 짓)를 붙는 노파의 행

세가 여간 귀찮지 않다. 조그맣게 말라붙은 노파의 센 머리쪽을 바라보며,

"올해 몇 살이야?"

"그년 열아홉이죠. 그런데 그렇게……."

"아니 노파 말이야?"

"네, 제 나(나이)요? 왜 쉰일곱이라고 전번에 여쭸지요. 그런데 이 고생을 하는군요."

하고 궁상스레 우는 소리다.

노파는 김마까보다도 톨스토이보다도 아키코가 가장 미웠다. 방세를 받을래도 중뿔나게 가로맡아서 지랄하기가 일쑤요, 또 밤낮 듣기 싫게 창가질이요, 게다 세숫물을 버려도 일부러 심청궂게(심술궂게) 안마루 끝으로 홱 끼얹는 아키코. 이년을 이번에는 경을 흠씬 치도록 해야 할 텐데, 속이 간질대서 그는 총총걸음을 치다가 돌부리에 채여 고만 나가둥그러진다. 그 바람에 쓰레기통 한 귀에 내뻗은 못에 가서 치맛자락이 찌익 하고 찢어진다.

"망할 자식 같으니, 씨레기통의 못두 못 박았나!"

하고 흙을 털고 일어나며 역정이 난다. 그 꼴을 보고 순사는 손으로 웃음을 가린다.

"그 봐! 이젠 다시 오지 마라, 이번엔 할 수 없지만 또다시 오면 그땐 노파를 잡아갈 테야?"

"네…… 다시 갈 리 있겠습니까, 그저 이번에 그 아키코란 년만 흠씬 버릇을 아르켜 주십시오. 늙은이보구 욕을 않나요, 사람 치질 않나요!

그리고 아직 핏대도 다 안 마른 년이 서방이 몇인지 수가 없어요!"

　순사는 코대답을 해가며 귓등으로 듣는다. 너무 많이 들어서 인제는 흥미를 놓친 까닭이었다. 갈팡질팡 문지방을 넘다, 또 고꾸라지려는 노파를 뒤로 부축하여 눈살을 찌푸린다. 알고 보니 짐작대로 노파 허통에 또 속은 모양이었다. 살인이 났다고 짓떠들더니 임장(臨場, 어떤 일이나 사건이 난 현장에 나옴)하여 보니까 조용한 집 안에 웬 낯선 양복쟁이 하나만 마루 끝에서 천연스레 담배를 피울 뿐이다. 그리고는 장독 사이에서 왔다 갔다 하며 뭘 주워 먹는 생쥐가 있을 뿐 신발짝 하나 난잡히 놓이지 않았다. 하 어처구니가 없어서,

　"어서 죽었어?"

　"어이구 분해! 이것들이 또 저를 고랑땡(골탕)을 먹이는군요! 입때까지 저 마룽(마루)에서 치고 차고 깨물고 했답니다."

　노파는 이렇게 주먹으로 복장을 찧으며(가슴을 치며) 원통한 사정을 하소(하소연)한다. 왜냐면 이것들이 이 기맥(낌새)을 벌써 눈치 채고 제각기 헤져서 아주 얌전히 박혀 있다. 아키코는 문을 닫고 제 방에서 콧노래를 부르고, 지팡이를 들고 날뛰던 김마까는 언제 그랬더냐 듯이 제 방에서 끙끙, 여전한 신음 소리. 이렇게 되면 이번에도 또 자기만 나무라키게 될 것을 알고,

　"어이구 분해! 어이구 분해!"

　주먹으로 복장을 연방 두들기다 조카를 보고,

　"얘 넌 어떻게 돼서 이렇게 혼자 앉았니?"

　"뭘 어떻게 돼요, 되긴?"

하고 눈을 지릅뜨는 그 대답은 썩 퉁명스럽고 걱세다(꺽지다. 성격이 굳고 억세다). 이런 화중(불속, 난장판)으로 끌고 온 아즈멈이 몹시도 밉고 원망스러운 눈치가 아닌가. 이걸 보면 경은 무던히 치고 난 놈이다.

"어이구 분해! 너꺼정 이러니!"

"뭘 분해? 이 망할 것아!"

"이것이 그렇게 죽도록 경을 치고도 바보가 돼서 이래요!"

"바보면 죽어두 사나?"

하고 순사는 고개를 디밀어 마루께를 살펴보니 딴은 그릇은 깨지고 문은 부서졌다. 능글맞은 노파가 일부러 그런 줄은 아나, 그렇다고 책임상 그냥 가기도 어렵다. 퍽도 극성스러운 늙은이라 생각하고,

"누가 그랬어, 그래?"

"저 아키코가 혼자 그랬어요!"

"아키코! 고반(こうばん, 파출소)까지 같이 가."

"네! 그러세요."

하도 여러 번 겪는 일이라, 이제는 아주 익숙하다. 저고리를 갈아입으며 웃는 얼굴로 내려온다. 그러나 순사를 따라 대문을 나설 적에는 고개를 모로 돌리어 구렁이에게 몹시 눈총을 준다.

　순사는 아키코를 데리고 느른한(피곤하여 힘이 없는) 걸음으로 골목을 꼽든다. 쪽다리를 건너니 화창한 사직원 마당, 봄이라고 땅의 잔디는 파릇파릇 돋았다. 저 위에선 투덕거리는 빨래 소리. 한옆에선 풋볼을 차느라고 날뛰고 떠들고 법석이다. 뿌웅, 하고 음충맞게 내대는 자동차의 사이렌. 남 치마에 연분홍 저고리가 버젓이 활을 들고 나온다. 그리고 키 훌

쩍 큰 놈팡이는 돈지갑을 내든다.

"너 왜 또 말썽이냐?"

하고 순사는 고개를 돌리어 아키코를 씽긋이 흘겨본다. 그는 노파가 왜 그렇게 아키코를 못 먹어서 기를 쓰는지 영문을 모른다. 노파의 눈에도 아키코가 좀 귀여울 텐데, 그렇게 미울 때에는 아마 아키코가 뭘 좀 먹이질 않아 그랬는지 모른다. 그렇지 않으면 다른 사람 다 제쳐놓고 아키코만 씹을 리가 없다. 생각하다가,

"뭘 말썽이유, 내가?"

"네가 뭐 쥐마누라를 깨물고 사람을 죽이고 그런다며? 그리구 요전에도 카페서 네가 손님을 쳤다는 소문도 들리지 않니?"

하고 눈살을 접고 웃어버린다. 얼굴 똑똑한 것이 아주 할 수 없는 계집애라고 돌릴 수밖에 없다.

"난 그런 거 몰루!"

아키코는 땅에 침을 탁 뱉고 아주 천연스레 대답한다. 그리고 사직원의 문간쯤 와서는,

"이 담 또 만납시다."

제멋대로 작별을 남기고 저는 저대로 산 쪽으로 올라온다.

활텃길(활 쏘는 곳)로 올라오다 아키코는 궁금하여 뒤를 한 번 돌아본다. 너무 기가 막혀서 벙벙히(정신이 얼떨떨하여) 바라보고 있다가 다시 주먹으로 나른한 하품을 끄는 순사. 한편에선 날뛰고, 자빠지고, 쾌활히 공을 찬다. 아키코는 다시 올라가며 저도 남자가 됐더라면 '풋볼'을 차볼 걸 하고 후회가 막급이다. 그리고 산을 한 바퀴 돌아 내려가서는 이

번엔 장독대 위에 요강을 버리리라 결심을 한다. 구렁이는 장독대 위에 오줌을 버리면 그것처럼 질색이 없다.

"망할 년! 이담에 봐라! 내 장독 위에 오줌까지 깔길 테니!"

이렇게 아키코는 몇 번 몇 번 결심을 한다.

이야기 따라잡기

 사직골 달동네에 있는 허름한 초가집 주인마누라는 사글세를 못 받아서 약이 올라 있다. 영감은 노할 주변도 못 되어서 주인마누라가 세를 독촉해야 한다. 방에만 틀어박혀 소설을 쓰는 문학청년 톨스토이, 제복 공장의 직공으로 일하는 톨스토이의 누님, 버스 차장일을 하러 다니는 버스 걸, 버스 걸의 아버지이며 중병을 앓으며 누워 지내는 김마까, 카페에 여급으로 다니는 영애와 아키코 등 모두가 방세를 제때 내지 않아 주인마누라는 불만이다.
 아키코는 문구멍으로 안채를 들여다본다. 영애와 아키코는 평소에 문구멍으로 사람들을 관찰한다. 완전히 히스테리인 톨스토이의 누님은 동생에게 늘 불평을 한다. 그래도 아우는 잠자코 있다. 영애는 그런 톨스토이를 병신스럽다고 여기지만 아키코는 착해서 그런다고 두둔한다. 톨스토이는 아키코에게 무관심하지만, 아키코는 톨스토이를 마음에 두고 있다.

버스 걸은 도시락만 싸서 다니면 공장의 계집애나 버스 걸로 볼까 봐 책보를 가지고 다닌다. 책보에는 무거운 잡지책이 들어 있다. 영애는 버스 걸의 아버지 김마까를 싫어한다. 김마까라는 별명은 누렇게 뜬 환자의 얼굴을 보고 영애가 붙인 것이다. 어느 날은 영애가 모처럼 손님을 맞았는데, 김마까가 초저녁부터 딸과 싸우는 바람에 손님이 가버리자 그에게 악담을 하며 운 적도 있다.

아키코는 오줌에 손을 담가 살결을 곱게 만들려고 한다. 영애는 예쁜 얼굴에 손님이 많은 아키코를 부러워한다. 아키코는 사직동 공원에서 가끔 톨스토이와 만나는 일이 있다. 그런데 톨스토이는 아키코가 앞을 지나가도 본 척을 하지 않는다. 아키코는 속이 상하다가도 착한 톨스토이를 가엾게 여긴다.

주인마누라는 방세를 받기 위해 조카를 부르고, 조카는 제일 만만한 톨스토이를 협박하며 몰아내려고 한다. 아키코는 문구멍으로 상황을 지켜보다가 나와서 톨스토이 대신 자기가 주인마누라와 조카에게 저항을 한다. 싸움이 커지고 영애와 김마까가 합세하여 조카에게 대든다.

주인마누라는 조카가 죽게 생겼다며 순사를 불러온다. 순사가 왔을 때는 상황이 좀 정리되어 있어서, 순사는 큰일도 아닌데 자기를 부른 주인마누라를 비난한다. 살림살이가 좀 깨진 책임을 물어 순사는 아키코를 잡아간다. 주재소로 가는 길에 아키코는 순사와 이런저런 이야기를 하다가 작별을 하고 사라진다. 순사도 아키코를 그냥 보내준다. 아키코는 주인마누라에게 복수하기로 마음을 먹는다. 주인마누라가 가장 싫어하는 일, 즉 오줌을 장독대에 버리기로 결심한다.

쉽게 읽고 이해하기

따라지 인생들의 이야기

「따라지」는 1935년 11월 30일에 탈고하여, 김유정이 죽기 2개월 전인 1937년 『조광』지 2월호에 발표되었다.

따라지는 원래 투전, 골패, 화투 따위의 노름에서 가지고 있는 두 장 또는 세 장의 패를 합한 끗수가 1임을 이르는 말로, '보잘것없거나 하찮은 처지에 있는 사람'을 칭하는 말로 쓰인다. 「봄과 따라지」라는 작품에서는 어린 거지, 이 작품에서는 달동네에 세를 살고 있는 등장인물들 모두를 말한다.

벚꽃이 활짝 핀 봄날 사직동 달동네의 낡은 초가집에서 이야기는 시작된다. 주인마누라는 심기가 편하지 않다. 방 세 개를 세놓았는데 그들 모두가 하나같이 월세를 제때에 내지 않기 때문이다. 셋방 사람들, 즉 따라지 신세를 소개하면, 소설가 지망생인 톨스토이, 공장에 다니는 톨스토이의 누님, 버스 차장으로 일하는 여자와 병에 걸린 아버지, 카페 여급으로 일하는 아키코와 영애이다.

  셋방의 여자들은 모두 일을 하고 돈을 버는데 세를 내지 못한다. 이들은 생활물가에 못 미치는 월급을 받고 있는 것으로 추측할 수 있다. 주인마누라가 세를 받는 것은 당연한 권리를 행사하는 일이다. 그런데 따라지들은 뻔뻔스럽기까지 할 정도로 주인마누라에게 저항적이다. 주인마누라가 극악스럽게 돈을 독촉하고 조카까지 불러들여 강압적으로 톨스토이의 방을 빼려고 했기 때문이다.

  따라지들은 평소에 서로 가깝게 지내지 않았다. 서로에게 무관심하거나 귀찮게 생각했다. 그러던 중 톨스토이가 강압적으로 내몰리게 되자 톨스토이를 마음에 두었던 아키코가 먼저 나서서 저항한다. 이어서 영애도 합세하고, 누렇게 떠서 죽어가던 김마까도 나와서 조카에게 힘을 쓴다. 이처럼 이 소설은 따라지들끼리 보이지 않았던 연대감이 생겨나는 과정을 잘 형상화하였다.

도시빈민을 통해 도시의 문제를 묘파한 소설

  김유정 소설 하면 독자는 농촌소설과 어리숙한 인물유형, 해학과 토속성을 먼저 떠올린다. 「동백꽃」, 「봄봄」 등 교과서에 실린 작품의 인지도가 높아지면서 생겨난 일이다. 하지만 김유정은 도시 문제에도 관심이 있었다. 작가가 직접 비판과 문제 해결을 시도하고 있지는 않지만, 독자가 인물의 행동이나 사건을 보면서 비판의식을 가지게 하는 우회적 방법으로 소설을 구성하였다.

아키코의 경우 주인마누라와 조카에게 저항을 시작한 이유는 톨스토이에 대한 개인적 관심 때문이었다. 그런데 상황이 점점 악화되고 영애와 김마까가 합세를 하면서 결국 순사까지 오게 되는 사태로 발전한다. 순사가 주인마누라보다 아키코에게 손을 들어주고, 아키코가 주인마누라에게 복수를 결심하는 결말에 이르면, 아키코는 마치 사회 문제에 맞서는 인물처럼 부각된다.

「따라지」에 등장하는 여성들은 공장 직공, 버스 차장, 카페 여급이다. 이 직업들은 도시빈민이 가질 수 있는 최소한의 일자리라고 볼 수 있다. 그녀들은 생업에 악착같은 반면에 남성들은 잉여인간처럼 여성들의 부양을 받고 있다. 1930년대 어려워져만 가는 농촌을 떠나 도시에 왔으나 여기서도 제대로 뿌리내리지 못한 채, 남성들은 잉여인간화하고 여성들은 저급한 일자리에 내몰리고 있다. 김유정은 따라지에 속하는 도시빈민의 삶을 통해 도시가 당면한 문제를 잘 묘파하고 있다.

작가 알아보기

김유정(金裕貞, 1908. 1. 11~1937. 3. 29)

김유정은 1908년 1월 11일, 강원도 춘천부 남내이작면 증리 427번지, 지금의 강원도 춘천군 신동면 증리에서 김춘식(金春植)과 청송 심씨의 2남 6녀 중 일곱째이자 차남으로 출생하였다.

1914년(6세)에 그의 할아버지 김도사가 세상을 떠나자 아버지가 김참봉으로 불리게 되었다. 이 해 겨울에 서울 종로구 운니동(당시 진골)으로 가족이 모두 이사하였다. 당시 그의 집안은 대대로 수천석꾼 지주 집안으로 고향과 서울에 큰 집을 가지고 있었다. 1915년(7세)에 어머니가 세상을 떠난 데 이어, 1917년(9세)에 아버지마저 세상을 떠나자 김유정은 고아가 되었다. 형의 뜻으로 운니동에서 관철동으로 이사하고, 1919년(11세) 봄까지 3년 동안 한문공부와 붓글씨를 익혔다.

1920년(12세) 재동공립보통학교에 입학하였고, 1921년(13세)에 3학년으로 월반하였다가 1923년(15세)에 졸업하였다. 그 해 4월 9일, 휘문

고등보통학교를 검정(檢定)으로 입학하였다. 이때 김유정은 김나이(金羅伊)라고 불리었으며, 안회남(安懷南)과 같은 반 친구로 각별히 지냈다. 그리고 숭인동 80번지로 다시 이사하였다. 1925년(17세) 휘문고등보통학교(5년제) 3년 때 1년 휴학한 후 다시 복학하였으며, 1929년(20세)에 졸업(제21회)하였다. 휴학관계로 졸업이 1년 늦어진 것이다. 집안이 모두 강원도 춘성으로 이사하게 되었다.

  1930년(21세) 봄, 연희전문학교 문과에 입학하였다. 박녹주(朴綠珠)에게 사랑을 고백한 것이 이때였으며, 또한 늑막염을 앓기 시작하였다. 1931년(22세) 연희전문학교를 중퇴한 후 4월 20일, 보성전문학교에 다시 입학하였다가 중퇴하였다. 그러나 퇴학자 명단에만 이름이 있을 뿐, 상세한 기록은 남아 있지 않다. 1932년(23세) 브나로드운동에 참여하여, 실레마을에 야학을 개설하고 농촌계몽운동을 벌이다, 충남 예산 금광 등에 전전하게 되었다. 6월 15일, 단편「심청」을 썼다. 1933년(24세) 1월 13일,「산골 나그네」를 썼으며, 안회남의 주선으로『제일선』지 3월호에 발표하여, 첫 발표작품이 되었다. 고향 실레마을에다 금병의숙을 열고, 조카 김영수(金永壽)와 뜻을 같이했던 동지 조명희(趙明熙)와 같이 문맹퇴치운동을 벌였다. 8월 6일,「총각과 맹꽁이」를 탈고하고『신여성』지 9월호에 발표하였으며, 이때 폐결핵 진단을 받았다. 이 해 봄에 이석훈과 채만식을, 가을에 박태원을 만났다. 1934년(25세) 사직동에서 혜화동으로 이사하였다. 8월 16일「정분」, 9월 10일「만무방」, 12월 10일「애기」, 12월「노다지」,「소낙비」등을 각각 탈고하였고, 같은 해 누님댁에 얹혀 살았다.

1935년(26세)『조선일보』신춘문예에「소낙비」,『조선중앙일보』신춘문예에「노다지」가 각각 당선되었다. 단편「금 따는 콩밭」(『개벽』3월호),「금」(발표지 미상, 1월 10일 탈고),「떡」(『중앙』6월호),「만무방」(『조선일보』7월),「산골」(『조선문단』7월호),「솟」(『매일신보』9월,「정분」의 개고작),「봄봄」(『조광』12월호) 등을 발표하였다. 이 한 해에 소설 9편과 수필「잎이 푸르러가시든 님이」(『조선중앙일보』3월 6일),「조선의 집시-들병이 철학」(『매일신보』10월),「나와 귀뚜라미」(『조광』, 11월호) 등 3편을 발표했으며 6월 3일『조선문단』이 주최한 문예좌담회에서 이태준에 대해 깊은 관심을 보였다. 구인회 후기 동인으로 참여하였고, 이상과 깊은 친분을 가졌다.「안해」를『사해공론』12월호에 발표하여 문단의 찬사를 받았다. 1936년(27세) 1월부터 8월까지 9편의 소설과 4편의 수필을 발표하였다. 단편「심청」(『중앙』1월호),「봄과 따라지」(『신인문학』1월호),「봄밤」(『여성』4월호),「이런 음악회」(『중앙』4월호),「동백꽃」(『조광』5월호),「야앵」(『조광』7월호),「옥토끼」(『여성』7월호)가 각각 발표되었다. 미완의 장편소설『생의 반려』는『중앙』8, 9월호에 연재하였다. 수필「오월의 산골짜기」,「어떠한 부인을 마지할까」,「전차가 희극을 낳어」,「길」등을 5월에서 8월 사이에 발표하고「행복을 등진 정열」은『여성』지 10월호에,「밤이 조금만 짤렀드면」은『조광』지 11월호에 발표하였다. 단편소설「정조」는『조광』지 10월호에,「슬픈 이야기」는『여성』지 12월호에 발표하였다.

　1937년(28세) 병이 깊어져 김문집의 병고작가 구조운동이 일어났다. 서간문「문단에 올리는 말씀」을『조선문학』1월호에 게재하였다. 수필

「강원도 여성편」(『여성』 1월호), 「병상 영춘기」(『조선일보』 1. 19~2. 2) 발표하였다. 2월, 조카 진수에 의지하여 경기도 광주군 중부면 산상곡리 100번지의 매형 유세준의 집에 옮겨와 요양 치료하였고, 소설 「따라지」(『조광』 2월호), 「땡볕」(『여성』 2월호), 「연기」(『창공』 3월호)를 발표하였다. 3월 29일 오전 6시 30분에 30세의 나이를 다 채우지 못하고 경기도 광주군 중부면 산상곡리 100번지 매형 유세준의 집에서 세상을 떠났다. 서대문 밖(홍제동 화장터)에서 유해는 화장되었다.

이 해의 사후 발표작으로 수필 「네가 봄이런가」(『여성』 4월호), 단편소설 「정분」(『조광』 5월호), 번역 동화 「귀여운 소녀」(『매일신보』 4. 16~21), 번역 탐정소설 「잃어진 보석」(『조광』 6월~11월호)이 발표되었다. 1939년 사후 발표된 소설로 「두포전」(『소년』 1~5월호), 「형」(『광업조선』 11월호), 「애기」(『문장』 12월호)가 있다.

1968년 김유정 타계 31주년, 5월 29일 '김유정문인비건립추진위원회'에 의해 '김유정문인비'가 세워졌다(춘천시 의암호 의암). 9월에는 '김유정기념사업회'가 주관하는 '김유정편찬위원회'에 의해 『김유정전집』(현대문학사)이 편찬되었다. 1969년부터 해마다 그의 타계일인 3월 29일에 '김유정문학의 밤' 행사가 개최(김유정기념사업회 주관)되고 있다. 1978년 3월 29일 고향 실레마을 야학당 앞에 '김유정기적비'가 세워졌다.

평론가 김현은 김유정의 문학을 "하나의 소설적 트릭도 없이 있는 세계를 그대로 내보임으로써 그 어떤 작가보다도 식민지 치하 농촌의 궁핍상을 여실하게 그려내고 있다"(『한국문학사』, 민음사, 1984)고 평가하였고, 평론가 김병익 역시 김유정을 "자기와 더불어 살고 있는 농민들이 왜 가난한가를 명백하게, 그리고 정확히 통찰하고 있으며, 농민들의 참상을 완벽하게 우리의 고전적 언어와 서정으로 농축시켰기 때문에 이 작가야말로 가장 당대적이며 초시대적인 문학성을 획득"(『한국근대문학사론』, 한길사, 1982)한 작가로 보았다.

김유정은 당시의 농촌 문제가 일제정책에 의한 조선농민의 소작농화가 빚어낸 구조적 모순으로 인식하고 있다. 농촌을 배경으로 한 그의 소설의 상황이 대부분 지주와 소작인의 관계에서 발생하는 계층 간의 구조적 갈등을 바탕으로 하고 있음을 알 수 있다. 이러한 계층적 갈등이 표면적으로 드러나는 작품이 바로 「봄봄」과 「동백꽃」이다.

한편, 김유정의 소설에서 경작할 토지를 잃고 떠도는 농민들은 광부가 되거나 도시로 나아가 딸을 카페의 여급, 버스 걸로 내보내며 근근이 연명해가는 도시 빈민의 모습을 보이는데, 「땡볕」, 「따라지」, 「정조」 등에 생생하게 그려져 있다.

세상이 비록 고통으로 가득하다 해도,
그것을 극복하는 힘 역시 세상에 가득하다.
— 헬렌 켈러(미국의 교육인, 1880~1968)